金版万荣图文笑话

许小铭 编著

上卷

山西出版传媒集团
山西人民出版社

图书在版编目（CIP）数据

金版万荣图文笑话/许小铭编著. —太原：山西人民出版社，2012.8
ISBN 978-7-203-07834-0

Ⅰ.①金… Ⅱ.①许… Ⅲ.①笑话－作品集－中国－当代 Ⅳ.① I277.8

中国版本图书馆CIP数据核字（2012）第167169号

金版万荣图文笑话

编　　著：	许小铭
责任编辑：	高美然
装帧设计：	解朝晖
出 版 者：	山西出版传媒集团　山西人民出版社
地　　址：	太原市建设南路21号
邮　　编：	030012
发行营销：	0351-4922220　4955996　4956039
	0351-4922127（传真）　4956038（邮购）
E-mail：	sxskcb@163.com　发行部
	sxskcb@126.com　总编室
网　　址：	www.sxskcb.com
经 销 者：	山西出版传媒集团　山西人民出版社
承 印 者：	山西省运城市东阜印刷厂
开　　本：	787mm×1092mm　1/16
印　　张：	10.25
字　　数：	160千字
印　　数：	1-3 000册
版　　次：	2012年8月第1版
印　　次：	2012年8月第1次印刷
书　　号：	ISBN 978-7-203-07834-0
定　　价：	80.00元（上、下）

如有印装质量问题请与本社联系调换

写在前面的话

由中国美术家协会会员、国家一级画家、万荣籍人士许小铭先生创作、万荣八龙文化传媒有限公司编辑的《金版万荣图文笑话》上下集即将付梓出版。作为万荣笑话协会负责人，我们想在此说几句话，权作对该书艰难问世的一种诠释。

说这本书问世艰难，并非遇到什么波折，只因"她"怀胎时间之长竟超过了"十月怀胎"。用许小铭先生的话说，这次创作是他有生以来最为用心的一次，每一个笑话段子都字斟句酌，每一幅漫画作品都细琢精思，可谓用心之良苦。我们仔细品读之后亦甚为兴奋，总认为这本书从形式到内容都堪称万荣笑话系列产品的一个创新和精典。当然，广大读者才是最终的裁判员，对这本书的评判，还是放在运动场上吧！

谈这本书首先应该从"笑"谈起。俗话说"笑一笑，十年少"，现代医学也认为，笑，对人们的健康长寿有着十分密切的关系。笑有十大好处：一是增加肺的呼吸功能；二是清洁呼吸道；三是抒发健康的情感；四是消除神经的紧张；五是使肌肉放松；六是有助于散发多余的精力；七是驱散愁闷；八是减轻"社会束缚感"；九是有助于克服羞怯心理；十是能帮助人们适应环境，乐观地对待生活。"万荣笑话"就具备这些功能。这也正是"她"这坛陈年老酒在现代社会能香飘万里，迷醉国人之缘由。不是有人说，认识万荣是从"万荣笑话"开始的吗？此话不无道理。试想，万荣县在改革开放前后能打到全国的品牌应该是"注音识字"和"万荣大黄牛",而进入21世纪后,万荣县能打到全国的品牌是什么?当然,首先是"万荣笑话"。

"万荣笑话"是发生在山西省万荣县这块黄土地上的幽默之花,是万荣人民宝贵的精神财富。"她"是聪明智慧、幽默风趣、乐观向上、豁达大度、勤劳勇敢、刚毅坚韧的万荣人,立足传统72砸(zeng)故事,在改革开放和社会发展的进程中,不断挖掘、整理、编撰、演绎而形成的新时代的笑话系列。

"万荣笑话"的产生不仅与底蕴厚重的万荣文化有关,也与万荣人不服输、敢为人先的特殊性格以及万荣的自然环境有关。"万荣笑话"是万荣人民集体智慧的结晶,是集体创作的民间文学。

近年来,随着"万荣笑话"的广泛传播,人们对"她"喜爱有加,"她"可以称得上"中国式幽默",也可谓"东方笑典"。2006年,"万荣笑话"以极高的民众投票率被评为运城十大名片之一。2008年被评为全国非物质文化遗产。

万荣县委、县政府把"万荣笑话"的开发列入全县经济发展战略,作为文化强县的重头戏,围绕建设"中华笑城"的总体思路,努力创造,大胆创新,开发了图书、光盘、手帕、扑克、连环画、笑话笔等系列产品,还推出了万荣笑话电视系列剧、舞台剧。特别是以八龙文化传媒公司为代表的文化产业公司的兴起,使万荣笑话由民间口头文学发展成为笑话文化产业,各种笑话产品成为时尚的文化礼品,被人们所青睐。

由于科技的发展和生活节奏的加快，现代人进入了"读图时代"。读图成为一种时尚，成为一种需求，成为一种快餐文化。图像社会或者说视觉文化时代已经来临。如何用图文形式传播"万荣笑话"？带着这个思考，万荣县八龙文化传媒有限公司请回了他们团队的顾问、中国著名漫画家许小铭先生。创作了这套《金版万荣图文笑话》。

许小铭不是一般人。用万荣话说，他是一个大能人。当年在部队当文艺兵时，就被解放军报誉为"万军丛中一神童"，后任报社美术编辑30余年。共发表美术作品近万幅，文章千余篇。1986年漫画作品《心往一处想》获"扬子杯"大赛一等奖，1987年漫画作品《三顾茅庐》获辽宁青年杂志特等奖，1989年漫画作品《无题》获日本读卖新闻国际漫画大赛一等奖，1991年漫画作品《能源》获法国巴黎国际漫画大赛三等奖等。有40余幅作品在海内外国际展览中获奖，还有许多国画作品被海内外美术馆及个人收藏。中央电视台多次对他作过专题报道，《人民日报》等全国100多家新闻媒体介绍了他的事迹和作品。由著名作家路遥为许小铭先生撰写的文章发表于《中国报刊报》、《人民日报》海外版等。许小铭先生的大名已经载入《美术辞林》、《世界漫画知识辞典》、《中国当代名人录》、《中国美术家录》。

许小铭先生性格开朗、直爽、聪敏、幽默、且有极好的悟性，画笔到了他的手里也格外的自由，任其在纸上吟诵、歌唱、舞蹈、奔跑。许小铭的漫画不循规蹈矩，他时常拿出他那独特怪招，使人大惊不已。他写的文章笔法幽默，妙语连篇，而且善用百姓语言，读者朗朗上口，引得人们一看前头，便爱不释手，许多报纸开辟专栏，请他画过之后，再配之侃侃"怪语"，奇人奇画奇文，让人一饱眼福。

许小铭是地地道道的万荣人，他熟悉家乡的一山一水，一草一木，他熟悉家乡的风土人情，民风民俗。如今，已届华甲之年的许小铭一谈起儿时的生活，便兴致昂然，情随意迁。也正由此，他笔下的万荣人物、万荣生活场景才体现的那样自然逼真，那样生动形象。墙上的一串辣椒、地下的一只小猫、房檐的几根椽头，屋后的一片菜地……让我们倍感亲切和惜爱。更为难得的是，他做画无论大小、繁简，用笔一丝不苟，笔笔求精，并善用意到笔不到，虚中见实的技法。看是寥寥几笔，便将人物的动态画的十分生动，神态表现的格外明显。这与他平日的细心观察，不断积累分不开，也是他广采薄收、精益求精的必然结果。

　　漫画不同于一般绘画，在刻画形象时，强调"以形写神"和笔墨的简练，不计较摹写的绝对真实和繁复华丽的风格。讲求以寥寥数笔，勾勒人生百态，变幻无穷、意境悠远。赏读许小铭的每一幅作品，你总有一种笔法简练而意义深远之感，你也必须承认，他的作品里透出了作者藏在骨子里的对生活的真善美与假丑恶的理解。

　　愿这套"怀胎十月"的《金版万荣图文笑话》人见人爱！

万荣笑话协会主席：薛秀武
万荣笑话协会副主席：李逸玉

2012年6月10日

傳奇畫家 许小铭

XU XIAOMING
Chuangqihuajia

维元

  他有很多头衔，记者、漫画家、摄影家、国家一级画家、梅花王子等等。

  20世纪60年代他在部队时，因为画伟人像被誉为"万军丛中一神童"；70年代在电影队画幻灯全省挂了号；80年代漫画作品铺天盖地，誉满全国；90年代搞摄影，几乎"垄断"了山西所有的杂志封面；从20世纪末开始，他又涉足国画，巨幅的山水、精细的工笔、浓墨淡香的梅花，他无所不能，无所不精。

  他很狂傲，他说"画画的时候我就是神仙，我可以要山得山，要江得江。"

  他很朴素，他常说"我是个农民娃，我走到哪都是个万荣人。"

  他很超脱，他说："要做一个大写的人，必须具备一颗宽容的心。"他是何许人也？他便是大名鼎鼎的许小铭。

  许小铭祖籍山西省万荣县裴庄乡西范村，出生在该县里望乡西张村的一户普通农家，自幼就喜欢涂涂画画，是油漆师傅跟前的常客。家人为了让他学画画，就让他拜了个油漆师傅为师，虽然没有学到多少知识，但他就此踏上了艺术之路。

  1967年，乡镇招考通讯员，许小铭因为一手漂亮的钢笔字赢得了领导的赏识。1968年海军征收新兵时，进入部队。在海军部队的8年，许小铭画了8年的伟人像，部队成千上万的宣传海报，大大小小的伟人画像，几乎都出自他一人之手，他也因此成了部队小有名气的"大画家"，解放军报还以"万军丛中一神童"为题，对他自学成才的事迹进行了报道。在部队期间，许小铭还放过电影，画过幻灯，做过演奏伴音，当过临时演员，怀着对祖国的无限热爱之情，许小铭度过了他8年的海军生涯。

  1975年，他从部队回到地方后，被分配到侯马纺织厂工作。期间，因为报纸上的一张漫画作品，使他又对漫画产生了浓厚的兴趣，从此便一发不可收拾。因为在报纸上发表许多漫画作品，不久便调到《临汾日报》任美术编辑，后又调到《山西青年社》工作，主管三刊一报的美术创作。为了进一步为时代的主旋律伴奏，他更是手不离笔、笔不离纸，走到哪画到哪。在工厂、在农村、在机关、在街头，画山、画水、画人、画物，三晋大地无处不是他的画坛。他的作品在全国各大报刊每每见报，成为全国漫画界发表作品最多的"满天飞"之一。

他的漫画技艺精炼，举笔似飞，用他那双敏锐的眼睛一瞄，三笔五笔就是一副精妙绝伦的漫画人像。名人名士，党政要员，影视名星，工人农民，找上门求画者门庭若市。画者自得其乐，求者广识其闻。1993年，山西省两会一节期间，他被邀在迎泽公园现场表现，求购者里三层外三层，包围的密不透风。

思想触角敏锐，这是小铭漫画作品的一个突出特点。他的作品大都取材于现实生活，无论是政治题材还是风土人情，都是他对人生、对社会爱的倾泻。他的题材广泛，思路不凡，各个阶层，各行各业的人从他的作品中都能找到自己的影子。他的画以真挚的感情，积极的思想为时代的主旋律讴歌，生动的记录、善意的批评了人民生活的各个侧面。使人们不仅得到愉悦而且受到启迪。所以群众常为他针砭时弊的作品拍案叫绝，也为他作品的诙谐幽默而喷饭。

许小铭在艺术追求上是刻苦的，靠着扎实的绘画底功，他不畏艰辛，克服重重困难，用顽强的毅力，不断地进行勤奋刻苦的探索。从一个工厂的宣传干事，成为全国知名的漫画家。更为难得的是，他做画无论大小、繁简，用笔一丝不苟，笔笔求精，并善用意到笔，虚中见实的技法。看是寥寥几笔，便将人物的动态画得十分生动，神态表现的格外明显。他创作的《东方巾帼百图》巨幅漫画长达20余米，画中的人物神采非凡，百人百貌，百人百态，就连服饰、发型、职业、眼神、手势也百人各异。这与他平日的细心观察，不断积累分不开，也是他广采薄收、精益求精的必然结果。

2000年以后，随着万荣笑话的开发大潮，作为"万荣娃"的许小铭又积极的参与了万荣笑话的创作和编绘工作。绘制了全国第一本漫画挂历，同时也是全国第一本万荣笑话挂历。在宣传万荣笑话的同时，也介绍了优质的万荣苹果。首次印刷一万册被一抢而光，后又增印了5000份也很快销售一空。紧接着，他又为万荣笑话扑克、万荣笑话手绢、《三嘎的故事》和笑话台历绘制了精美的漫画插图，并出版发行了彩色插图的《万荣笑话精选》一、二卷，在万荣笑话书籍的出版史上又有了一个新的突破。

之后，许小铭先生又为山西华康药业股份有限公司绘制了笑话挂历、笑话卡片、健康笑话书籍，给万荣政协出版的《万荣笑话库》画了插图，提供了笑话文字资料。还免费给《万荣人》报提供了近百幅漫画作品，在山西许多报刊上发表了无数图文并茂的万荣笑话段子。他用漫画，为万荣笑话的传播打开了一扇门。并且接受了中央电视台7台、4台和山西电视台的多次采访……他通过各种形式和渠道，千方百计地把万荣笑话传播到省内外，笑遍了全国，有效地提高了万荣的知名度。为拓宽万荣笑话的发展领域，丰富"中华笑城"的深刻内涵，作出了卓越的贡献。近年来，万荣笑话走出了娘子关，得到了广大读者的认可，赢得了一系列耀眼的桂冠，和许小铭先生不计报酬的无私奉献分不开，其中凝结着他的许多聪明才智和精湛技艺。

此外，许小铭还应邀到临汾乡宁为当地"结义庙"创作大型壁画；2007年~2008年，许小铭又应安泽县政府之邀，为安泽新落成的荀子文化园创作巨幅壁画《后圣荀子》。为了了解荀子的生平，单是学习相关历史，许小铭就用了半年多时间，他白天画壁画，晚上创作草稿，利用空闲研究《史记》，对春秋七国的文化、社会、经济、服饰等有了细致深刻的认识和了解，其创作的大型史诗壁画《稷下学宫图》受到了书画界和学术界的共同赞誉。

钟情梅花，用浓墨淡彩书写性情人生外表白净，身材细瘦的许小铭，骨子里却透着一股万荣人"争强好胜"的精神。1993年，他搞三维动画去北京荣宝斋购买颜料时，简直被王成喜先生的梅花作品摄去了魂。他在作品前久久伫立，细细品味，惊喜赞叹不已。惋惜没有早些见到这些艺术佳品，真巧，被誉为"中国梅花王"的王成喜先生来了，看着这位求知如渴的学生，王成喜喜从心来。他将西洋画的写真与中国画的写意在绘画时的应用技巧，向小铭做了简明扼要的传授，小铭茅塞顿开，并得到了老师赠送的大型画册《百梅辑》，决心重操旧业——学国画，拜师学梅。返晋后，他把全部的精力都放在学习画梅上。一次寒风习习，雪花飘飘，他为了画好树枝的写生，在迎泽公园一画就是几个小时。由于腿脚长时间不活动，想拔腿走时，鞋、袜和脚被雪冻在了一起，脚已麻木的失去知觉。但他心里却是热乎乎、美滋滋的，因为他确信自己渐渐悟到了梅花的骨气和刚毅。为了从大自然中汲取营养，他去南京，奔武汉、上杭州、下昆明。为了一朵花，一只鸟、一个构图，他经常在灯下几十遍、上百遍的揣摩练习，还到处求教，从不满足。在传统技法的基础上，他努力把西画的透视、明暗、空间、质感等表现方法融入中国画的笔墨趣味中，以追求形神兼备的艺术效果，形成了他鲜明生动、雅俗共赏的艺术风格。尽管他所画的梅花这个题材，是古今上千个名家所经常画的题材，然而你从他的画面上看那苍劲的枝干、刚劲的新枝、充满活力的花朵以及技法的熟练和意境的深邃等，在他的创作中都迈向了一个新的高度。不仅与众迥异，别开生面，而且气息洋溢，生机盎然，在我国梅花史上步入了一个新的阶段。小铭从自学开始，在艺术的苗圃里辛勤耕耘，从而得到今天的收获，凝结着他多少执著和追求的艰辛啊！

"生活上知足常乐，事业上自强不息。"这是小铭的座右铭，学习上的永不满足更是他的追求。近来，他又向南韩美术大师学习新派山水画法，巧妙地运用水粉画笔绘成了一幅又一幅万紫千红、五彩缤纷的西洋山水，一时间画坛同仁和许多观众有口皆碑，不约而同地称道："怪才，鬼才！"

梅花香自苦寒来，许小铭走上了成功的道路。至今，他已在全国及海内外各大报刊发表美术作品近万幅，文章千余篇，照片1000余张，出版了美术画册30本，其中有40余幅美术作品在国内外美术展览中获奖，还有许多作品被海内外美术馆收藏。他创作的不少巨幅国画悬挂在省、市、县各级政府机关的会议室。他的名字已载入《世界漫画知识辞典》、《中国当代名人录》、《山西文学艺术界名人录》等。中央电视台、《人民日报海外版》、《新闻出版报》、《经济日报》、《山西日报》、山西电视台、黄河电视台、《贵州日报》、《烟台日报》、《重庆晚报》等全国70多家新闻媒体介绍他的事迹和作品。他现在是中国美术家协会会员，国家一级画家、中国文艺家协会会员、中国漫画艺委会会员、中国摄影家协会会员、山西漫画协会理事等。

许小铭先生常说："我喜欢梅花，喜欢她愈挫愈奋、坚毅不拔的奋斗精神，喜欢她朴实、俏不争春的品格，喜欢她洁骨不受尘的高洁、雅逸，喜欢她凌风傲霜踏雪来，不尽生机布新香的风骨。"先生不正如梅花一样吗！

封面题字：王有政简介

1941年5月生于山西万荣县。

1964年毕业于西安美术学院附中。

1969年毕业于西安美术学院国画系人物画专业。曾任陕西省群众艺术馆美术创作员。现为中国美协会员，陕西省美协常务理事。国家一级美术师，享受国务院特殊津贴的专家。陕西国画院创作研究室主任。

1979年作品《悄悄话》获第五届全国美展二等奖。

1984年作品《捏扁食》获第六届全国美展铜牌奖，作品《翠翠莉莉和姣姣》获第六届全国美展优秀作品奖。

1989年作品《倦旅图》获第七届全国美展铜牌奖。

1994年《母亲我心中的佛》获第八届全国美展优秀作品奖。

1999年《读》获第九届全国美展铜牌奖。六件作品被中国美术馆收藏。

陕西人民美术出版社出版了《王有政画集》、《中国名家作品精选——王有政》。

历时四年与杨光利合作的作品《纺线线——延安大生产运动》，于2009年8月6日正式通过国家重大历史题材美术创作工程艺委会终审。为陕西艺术界赢得了荣誉，也为新中国六十华诞献上了一份厚礼。

目录 Contents

1	药引子	36	木匠与先生
2	城里人就是尿得高	37	咱们赶快走
3	我也是	38	保险摇匀了
4	看看我是谁家的	39	手机
5	吸个不停	40	城里的天气真不好
6	减少一半	41	不是好品种
7	吃海鲜	42	你胡球吹
8	地方话	43	婆媳俩买柿子
9	逢人减岁	44	各有所获
10	挖坑拦车	45	裤衩穿在里面
11	上坡比下坡费劲	46	玩具手机的故事
12	八路来了	47	你长得真年轻
13	调起高了	48	烧给谁做呢
14	喊口号	49	语出惊人
15	打麻将	50	你看伢这娃多孝顺
16	啤酒是酒吗	51	言过其实
17	意外	52	以旧换新
18	大弯和小弯	53	借椅子
19	这是藕	54	打一儆百
20	我问的是狗	55	你喜欢孩子吗
21	杀鸡	56	开家分公司
22	误会	57	刚才拉的
23	口技	58	撞车之后
24	猪肉涨价	59	舔一舔
25	挑客房	60	该洗澡了
26	迟钝	61	替死鬼
27	细发的老妈	62	坐火车
28	痴心难改	63	吃的啥
29	砌围墙	64	海报的威力
30	提供帮助	65	蘸着吃
31	总有一个会睡着	66	功夫了得
32	今天多亏碰上你	67	红薯叶是喂猪的
33	伟大的奶奶	68	搭船
34	蛇叫做SHA	69	视力很差
35	忽悠骗子	70	公猪的故事

71 ---------- 酒后回家	111 ---------- 能力有限公司
72 ---------- 看猩猩	112 ---------- 情同此理
73 ---------- 我就是你老婆	113 ---------- 就怕你不敢去
74 ---------- 古董商	114 ---------- 更让您开心
75 ---------- 婉转的话	115 ---------- 赛诗会
76 ---------- 如此密码	116 ---------- 耧疙瘩
77 ---------- 反抗毕竟是有限的	117 ---------- 实话实说
78 ---------- 谁泼我	118 ---------- 不放心
79 ---------- 尿样	119 ---------- 假短信惹真祸
80 ---------- 办不成的事	120 ---------- 剪头发
81 ---------- 苍蝇被割成了双眼皮	121 ---------- 可别胡说
82 ---------- 结婚储蓄	122 ---------- 知识改变命运
83 ---------- 富二代的交通工具	123 ---------- 儿子的愿望
84 ---------- 不要等了	124 ---------- 内行
85 ---------- 黄泥包猪仔	125 ---------- 吃嘴婆
86 ---------- 三次改姓	126 ---------- 幸运
87 ---------- 贤惠的丈夫	127 ---------- 没收工具
88 ---------- 多此一举	128 ---------- 幽默夫君
89 ---------- 内容保密	129 ---------- 出墙红杏
90 ---------- 那可不行	130 ---------- 买枣
91 ---------- 王老汉买驴	131 ---------- 方便
92 ---------- 磨牙	132 ---------- 急刹车
93 ---------- 折磨虱子	133 ---------- 广播站故障
94 ---------- 西安归来	134 ---------- 共同点
95 ---------- 我是干洗的	135 ---------- 读卡
96 ---------- 像只兔子	136 ---------- 振动
97 ---------- 故障	137 ---------- 心形饼干
98 ---------- 响亮的名字	138 ---------- 句号太大
99 ---------- 弄巧成拙	139 ---------- 做诗饮酒
100 ---------- 奥特曼的故事	140 ---------- 狗醉了
101 ---------- 印象不错	141 ---------- 男人气概
102 ---------- 酒后开车重罚	142 ---------- 口水四溅
103 ---------- 显示自己	143 ---------- 第三者
104 ---------- 过讲了	144 ---------- 真假模特
105 ---------- 准时驶过	145 ---------- 报复
106 ---------- 请你笑一下	146 ---------- 治腰痛
107 ---------- 专业和尚	147 ---------- 姿势不对
108 ---------- 偷酒	148 ---------- 喷雾剂
109 ---------- 果然平安	149 ---------- 嫩鸡肉与老豆芽
110 ---------- 酒量	150 ---------- 棋高一着

药引子

"文化大革命"以前,赵家村第三生产队的猪场里许多猪病了,急需注射青霉素。

下午,到县城买药的牛蛋打回电话说:"县兽医站里有青霉素,但光有钱和介绍信买不出来,人家说,要是有5斤香油,就能一手交钱,一手交药。"社员们议论纷纷,最后还是决定救猪要紧,派人把香油送去。

老保管虽说也同意用香油换青霉素,可他却提了个难题:"这5斤香油怎么记账呀?"大家你看我,我看你,谁也想不出个好办法,最后还是牛蛋伶俐,他建议说:"这5斤香油就记在猪的名下,写成药引子,就说给猪拌在草药里用了。"

城里人就是尿得高

老万去北京看儿子前,村里人跟他说,城里把茅房叫洗手间,进了城千万别找不着茅房。

到了北京,老万住在招待所里,夜里上厕所,看见楼道的一个房门上写着盥洗室,老万认得一个洗字,便进去解手,岂料水池太高,老万踮起脚也够不着,只好到楼下找了几块砖头垫上才尿到了池子里。

回到万荣,老万逢人就说:"城里人就是尿得高,就我这一米七的个头,还得垫上几块砖头才能尿进去哩。"

我也是

二蛋家的西瓜熟了,他爸叫他把西瓜拉到县城去卖。

二蛋没有做过生意,更不知道咋喊叫。这个时候恰好过来一个卖西瓜的,人家在前面喊:"卖西瓜哩,谁买西瓜哩!"二蛋急忙大声喊:"我也是!"人家喊:"卖好西瓜哩,谁买又大又甜的西瓜哩!"二蛋也大声喊:"我也是,我也是呀!"勉强卖了几个西瓜。二蛋有了经验,给他爸吹了个天旋地转。

没多时,他爸又让二蛋卖自家地里收的核桃。二蛋到集上,寻不下卖核桃的,就摆在一个卖红枣的旁边,卖红枣的喊:"卖红枣了,大枣小核,小枣没核。"人们蜂拥而至,不到一刻钟,卖枣的数数票子,乐呵呵的回去了。二蛋见状,抖了抖身子,也扯开嗓子:"卖核桃了,大核桃小仁,小核桃没仁。"直到太阳压山,一颗核桃也没卖,回去还被他爸骂了个狗血喷头。

看看我是谁家的

建娃是一个酒篓子,每天喝的晕晕乎乎。一天晚上他提着半瓶子酒在楼下憋足劲喊道:"邻居们,快把窗户都打开,把脑袋伸出来!"看到窗户里探出不少头,他又喊了一嗓子:"大家看看我是谁家的!"

吸个不停

强娃牵着他家的母牛和新生的小牛，准备到县城的集上去卖，不幸在路上碰上了几个贼娃子，他们打了强娃一顿后，不仅脱光了他的衣服，还把他绑在一棵树上，然后牵走了母牛，只留下那只没有满月的小牛犊。

可怜的强娃，就这样在树上被绑了三天三夜，又冷又饿。第四天，幸好一名中年妇女路过，帮强娃解开了绳子，只见他马上捡起地上的木棍拼命地打那只小牛犊。

中年妇女便骂他："你打它弄求啥啊，管它啥事啊？" 强娃委屈地说："这三天来，我不断跟这头该死的畜生说，我不是你妈妈，我不是你妈妈。可它还是吸个不停！！"

减少一半

蛋娃才6岁,是家里的独生子,小家伙不仅长得帅气,而且聪明可爱,全家把他视如掌上明珠。

一天,吃中午饭的时候,爷爷问蛋娃:"你希望有一个弟弟或者妹妹吗?"

蛋娃想想说:"不想。"

爷爷奇怪地问:"为什么吗?"

蛋娃说:"如果我有一个弟弟或妹妹的话,我的零花钱就会减少一半。"

吃海鲜

"文化大革命"前,山里交通不发达,村里很少有人吃过海鲜,只听老辈的人说过海里的东西味道很美,特别好吃。有一回,生财到山外办事,从集市上买回了一条不大的小鱼。

回家后,全家人都特别稀奇,赶快在锅里加满水,然后把小鱼扔到锅里,盖上锅盖,点起火来就开始煮鱼汤。锅开了,全家一人一大碗,喝了以后,都说这汤美得很,真新鲜。喝完汤,孩子他妈就去刷锅,却发现小鱼还在锅台上呢。

地 方 话

一日，贸易公司的老孙正联系业务，特作电话记录如下：

老孙拿起话筒极诚恳地："请问您是配种公司的杨总吗？"

老孙是外地人，地方口音极重；杨总听起来很像"羊种"。

对方："不是！我们老总姓朱！"

老孙继续客气地："那——请问猪种（朱总）在吗？"

对方不高兴了："请问你是什么单位？你们老总是谁？"

老孙耐心解释："我是贸易公司呀，我们老总是人种（任总）！"

对方："滚求过……"啪的一声把电话摔了。

老孙好茫然，心想——我得罪谁了？

逢人减岁

妈妈教妮妮:逢人减岁,遇物加价。这是做人处世的绝巧。妮妮默默地牢记在心里。

一天她在街上,远远看见邻居三嫂子抱着刚满一岁的宝宝,便笑容满面地走上去奉承道:"嫂子,你家娃长得真年轻,看上去根本不像一岁的宝宝。"

挖坑拦车

东张村的平娃买了一辆新自行车,别人告诉他不要多捏闸,免得泥沙把自行车的圈划坏,平娃点头称是。

平娃的岳父家在坡上的远孝村,有一次他接媳妇回来,为了保护自行车的圈不被划坏,尽管坡长路陡,平娃死活不捏闸,由于车速太快,到了东张村口来不及拐弯,车子往前多滑行了二三里地,然后他又拖着媳妇骑回家里。

他爸知道此事以后,胸有成竹地说:"憨娃,下次爸拿一把锄头在咱村口等你,你快到的时候喊一声,我就用锄头把车子搂住。"经过实践,锄头根本搂不住那飞快的自行车。

"足智多谋"的平娃爸又想出了一个好主意,他在村口挖了一个半米深的坑,里面垫了一些玉米秆。他满有把握地告诉平娃:"你下次回来把车子直接骑进坑里。看它狗日的还往前跑不跑?"

这天,平娃和媳妇从坡上下来,连车带人窜进了他爸挖好的坑里,自行车扭成了麻花,小两口也摔得鼻青脸肿。他爸跑过去一看:"好娃,你瞧,这车子的圈还锃亮锃亮的!"

上坡比下坡费劲

贵贵妈坐火车到太原去看他的儿子和小孙孙。去的时候，她坐的是快车，车票是29元钱。儿子从太原送她回来的时候，买的是慢车票，票价是21元。贵贵妈坐在火车上把两张车票看了又看，她想不明白这是咋回事。到运城站下了火车，贵贵爸在车站接她。她告诉老伴说："咱去太原时在这儿买票吃了亏啦，咱找站长去！"贵贵爸眈了眈两张车票："不要去找啦！车站卖票还能胡卖？"贵贵妈问："那你说这两头卖票咋不一个价？"贵贵爸说："从这儿去太原是上坡，从太原回来是下坡。嗨，肯定是上坡比下坡费劲，这车票也就贵嘛！"

八路来了

黄登科为了纪念自己当兵的历史,就给儿子取了个名字叫——黄军。

孩子每天上学要坐八路公共汽车,这天一早,眼看就要迟到。黄登科一边提着书包跑,一边喊儿子:"黄军!黄军!快跑……八路来了,八路来了!"

调起高了

在外地工作的荣生惊闻父亲去世的噩耗,悲痛欲绝,就连夜开车赶回了家。进了稍门,他大吼了一声:"爸……!"便连哭带爬地扑在了他父亲的棺材前,接下来便是一片寂静。四五分钟之后,司机见他还没有动静,认为他是不是因为悲伤过度,休克了过去,便给他按摩抢救……没想到,他推开司机,不好意思地说:"没事,没事,刚才哭的那句,调子起的有点高了。"

喊 口 号

十年浩劫中，造反派头头卫彪在武斗中被人打死。追悼大会一切准备就绪，只缺一个大嗓门能领着大伙喊口号的人了。卫彪的秘书四处打听，终于找到一个身高6尺，膀阔腰圆，祖传三代在街上卖晋糕的张三娃，他要喊一声"卖晋糕咯！"周围几里地都能听见。秘书拉住张三娃，亲切地说："三娃啊，我们的卫司令死了，马上要开追悼会，请你带着喊几个口号，怎么样？"

张三娃连连摇头说："不行不行，我不会喊口号。"

"求，我教你，一点也不难。喊好了我们是不会亏待你的。"秘书把张三娃拉得更紧了。

"我没文化，记不住。"

"就一句，'卫彪精神不死'，记住了吧？"

张三娃重复了几遍："行，记住了。"

追悼会开始了，轮到喊口号时，张三娃喊："卫彪不死！"

秘书一听，糟糕，怎么丢了精神两个字，忙提醒张三娃："还有精神。"

张三娃急忙喊："噢，还有精神！"

秘书急了，一跺脚："他妈的，喊原来的！"

张三娃大声喊道："晋糕，热晋糕咯——！"

打麻将

兰兰晚上出去打麻将,半夜回家怕吵醒丈夫,就在客厅脱光衣服,轻轻地走进卧室。没有想到丈夫还醒着,他见此情景,大吃一惊:"孩子他妈,你打多大的了,竟然输成这样?!"

啤酒是酒吗

贵临开车去太原参加朋友的婚礼，在饭桌上喝了一杯啤酒。吃完饭，他驾车刚上了并州路，一位交警就招手示意叫他接受检查。

经查，他属于酒驾。贵临反复声明自己就喝了一杯啤酒，那位交警严肃地说："喝啤酒也属于酒驾。"

贵临自知理亏，便笑着问："警察同志，请问蜗牛是牛吗？"

"当然不是。"

"那你说姑娘是娘吗？"贵临又问。

"姑娘是女孩，怎么会是娘呢？"交警白了他一眼。

"那您说一杯啤酒是酒吗？呵呵……呵呵。"他又鬼魅地问。

这句话把交警都逗乐了，瞅了一眼他的车牌，笑着说："你是万荣人吧？我真服了你啦。"

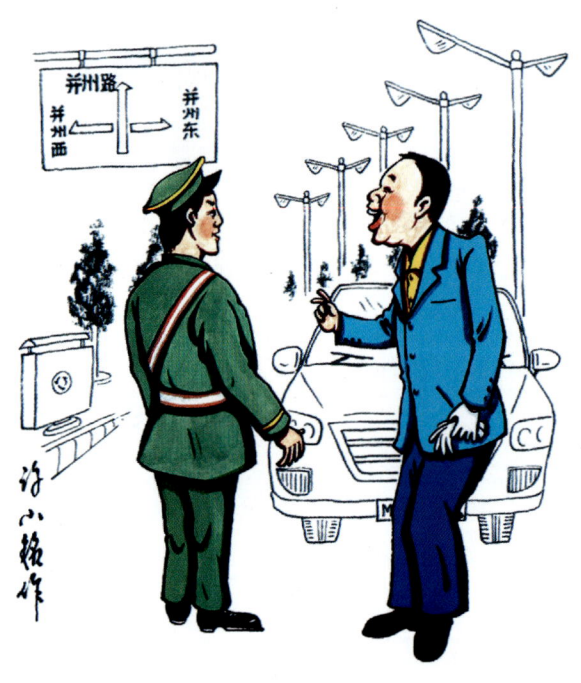

意　外

闷蛋这几年倒霉得很,做生意赔了个一塌糊涂。因负债累累,他成天愁眉苦脸,不吃不喝。寻思了好几天,还不如一死了之,就在城里买了一瓶农药准备自杀。

回到家里他拧开农药的瓶盖,一饮而尽。结果,农药瓶盖里面写着:恭喜您中了100万元大奖!

大弯和小弯

语文课上,曹老师在黑板上工工整整地写了"却"和"但是"这两个词,要求学生们造句,并打比方解释道:"这两个词都是转折连词。'却'是小转,好像转一个小弯;'但是'是大转,好像转一个大弯。"

狗蛋是个机灵鬼,很快便造出一个句子:"从我家里到学校只转几个却,而从我家里到奶奶家要转好几个但是。"

这是藕

凯凯和他爸到荣河街上的饭店吃饭,菜上齐了,凯凯指着一个菜问他爸:"爸,您说这萝卜怎么雕的花,每片都有一样多的窟窿眼?"

他爸道:"好憨娃哩,这是藕!"

我问的是狗

闷娃跟女儿住到北京好多年了,经常看到城管满街撵小商小贩,这些商贩和闷娃一样,都是农村来的,闷娃对城管的做法实在看不惯。

有一天上街,他正好碰上一个城管带着条狗散步。闷娃就问道:喂,你带这条这么胖的鸭子,出来干嘛啊?城管回答:这是条狗不是鸭子!闷娃答曰:我问那条狗,又没有问你!

杀 鸡

东财胆子特别小,这一天媳妇叫他杀鸡,他闭住双眼抓住鸡腿,抡起菜刀第一刀没砍着鸡,第二刀又没砍着,接着第三刀,第四刀……

突然那鸡说话了:呜呜……大哥,你还是掐死我吧!这也太他妈的吓人了……

误 会

晓明去一个山区县的书店采访。书店老板听说万荣笑话的作者要来,喜出望外,连忙叫员工把所有的书撤下,全部换上晓明编绘的《金版万荣图文笑话》。晓明到书店一看,心里非常高兴,问道:"贵店只售万荣笑话精选吗?"

"当然不是。"书店老板回答,"别的书销路很好,都卖完了。"

晓明差一点晕倒在地上。

口 技

　　刘晨是个聪明的娃，其中有一项特长就是口技。却说这一天他正与对象在饭店用餐，突然想放屁，又怕被对象听见，觉得很不好意思。他灵机一动，说："亲爱的，为了调节一下气氛，我学啄木鸟叫给你听，怎么样？"对象微笑地点点头。他模仿啄木鸟叫了两声，趁机把屁给放了。然后问道："怎么样，我学的像不像？"对象道："你再学一次吧，刚才你放屁的声音太大，我没听清。"

猪肉涨价

何迎与邻居发生争执,何迎便粗鲁地骂对方:"你是猪!"此事被居民小区治安员知道了,于是要罚他５０元钱。

何迎接过罚单,很不服气:"上个月我也骂他是猪,你只罚了我20元嘛。"

"很抱歉,"治安员苦笑一声,"近段猪肉又涨价了。"

挑客房

大有和吴蛋到一个小镇上办事。傍晚,大有找见镇上的一家小店,和吴蛋一起去登记住宿。店主人告诉他们有两间客房,他们二人可一人使用一间。

大有想挑一间干净的客房,就急忙去看房子。他走进1号房,一看窗户玻璃上很脏,就退出来去看2号房。他弯腰借着落日的余晖朝窗上一看,发现这窗子的玻璃很干净,一块斑点都没有。他对吴蛋说:"你就住1号房吧!"

大有这天跑得太累了,因此一倒下便睡着了。小镇上的风很大很冷,房间不知怎么搞的也很冷。天亮时醒来,大有发现自己感冒了。他自语道:"奇怪,这屋里哪儿来的冷风?"

太阳出来了,大有才发现窗户上根本没玻璃。原来,几天前玻璃就被风刮掉了。

迟　钝

小强无心上学，上课总是不停地开小差。

一天，小强上课时又偷偷地玩手机，正好被在教室外巡视的班主任发现了。班主任掏出自己的手机，发了一条短信给小强："你怎么不认真听课？"小强疑惑地回复："你是谁？"班主任又发了一条短信："你看看窗外。"

小强看了一眼窗外，又偷偷地回复道："好伙计，多谢提醒，等会再聊，我们的班主任正在外面盯着。"

细发的老妈

胜娃在运城买了一套大房子，便把在农村住了一辈子的老母亲接到城里来住。

一天，胜娃得病，吃了药，病就治好了，药还剩下一些，省吃俭用的老母亲觉得花钱买的，哪能白白地扔了，她便悄悄地把剩下的药吃了，很快自己病倒了。

胜娃发现母亲吃了自己剩下的药，埋怨她，母亲说："好娃哩，你挣钱不容易，可不能糟蹋东西呀！"

痴心难改

老实巴交的捷娃谈了好几个对象都没有成功。去年冬天,他姨又给他介绍了一个女娃,千叮咛万嘱咐地告诉他一定要多长个心眼,把人家女娃哄好。

约会的时候,虽然天气很冷但那个女娃却故意没穿外套,想要给捷娃一次表现的机会。

女娃说:"今天好冷哦!我忘了穿羽绒服了。"

只见捷娃拉紧衣服说:"还好,还好。多亏我记得穿。不然就跟你这痴熊一样冻死了。"

砌围墙

敬娃屁木事没有,整天懒的啥也不想干。近几年他看见别人在外面搞建筑发了财,便领了一帮狐朋狗友给某单位砌了一段围墙,刚一完工,敬娃就去和单位的会计算工钱。会计问:"那几位怎么不来?"敬娃说:"他们干活累了,在外面歇着呢。"

这时,只听见外面那几个工人大声喊着:"头儿,你赶紧算账,我们实在顶不住啦!"话没说完,只听扑通一声,新砌的围墙全部倒塌。敬娃一看:"你们还不赶快走,等着给人家赔钱哩。"

提供帮助

志成课间去洗手间，方便完发现没带卫生纸。等了半天不见有同学来，想打电话找人，不巧，手机已欠费。绝望中他拨通了10086的号码求助。客服小姐听了他的窘况，沉默了很久，勉强同意帮助。

志成的好友已经在上课了，突然收到一条短信："尊敬的中国移动用户：你好，你的同学在洗手间遇到了麻烦，希望您前往提供帮助。详情请咨询10086。"

总有一个会睡着

席老汉养了头猪,夜里经常狂叫,吵得他睡不着,他想是猪有什么病,便带着它去找兽医,兽医看了看说:"它耳朵痛,你让它把这片药吃下去就好了。"说着,递给他一片药。

席老汉让猪把药吃了,可是,夜里猪还是照样狂叫。他又跑去找兽医。

兽医,"我再给你三片药、一片你给猪吃上,另两片你自己吃掉。我敢说,这样,你俩总有一个会睡着的。"

今天多亏碰上你

万耿挑了一担南瓜去赶集。卖完南瓜,他见猪娃挺便宜,便买了个半大不小的猪娃。回家的时候,他把猪娃放在前筐里,后筐翘了起来,没法挑。把猪娃放在后筐,前筐又翘起来了,还是没法挑。他正在发愁,这今天还回不了家了!这时,本村一个叫小向的孩子过来了。他想,把小向放在一头筐里,不就能挑了?便对小向说:"来,你坐进伯伯的筐子里,我把你挑上回家吧!"小向说:"我不,我要走着回。"他说:"好孩子,你就学雷锋做个好事吧!"小向说:"我要学雷锋,我还要吃糖。"没办法,他只好买了两毛钱水果糖,装在小向口袋里,小家伙这才坐进筐子内。他一试,两头轻重差不多,便挑起担子,边走边说:"小向呀,今天多亏碰上你,不然的话,伯伯今天还真回不了家。"

伟大的奶奶

李管从小父母就离婚了,是老奶奶一手把他养大的。所以,他对奶奶感情极深。

今天,单位组织歌颂祖国60华诞诗歌朗诵会,李管走上台,对着麦克风:——啊!祖国,伟大的奶奶……台下一片哗然。领导把他拉下台,批评道:应该是伟大的母亲,你咋胡求说呢?!李管不服气的反抗道:"我没有妈,奶奶对我最亲,我不说奶奶伟大,你说,你说,你叫我说谁呢。"

蛇叫做SHA

万荣土话把蛇叫做SHA,表姐从昆明来万荣探亲,蛋娃陪她到地里玩。

突然,路边的草丛里有一条小蛇,表姐问:"那是啥?"蛋娃说:"SHA。"表姐看了他一眼,又问:"我问你——那是啥?"蛋娃不耐烦地说:"SHA!"表姐瞪了他一眼:"是啥?是啥?是啥?"蛋娃也有一点纳闷:SHA就是SHA嘛。表姐你今天这是咋的啦?!

因为你打错了

老曹正在埋头工作,突然——"铃^^铃"电话暴响。 他随手摸起电话。

——"喂,谁呀?"

"大舅,是我。"

"哦,是你呀外甥。"

"大舅,您身体好吗?"

"挺好的。"

"我舅妈身体好吗?"

"都挺好的。"

"咦?大舅,你声音怎么变了?"

"因为你打错电话了。"

……

木匠与先生

从前有个木匠和教书先生住在一起。木匠看不起先生,经常从古碑上查出一些难字来戏弄先生。有一天,他发现荼字比茶字多一横,便写了个荼壶去问先生。先生不知是计,随口念成茶壶,木匠哈哈大笑:连个"荼"字都不认识还教书哩!

过了几天,先生从院子里找见一个破扫帚,他把扫帚疙瘩锯下来刻成一个小毛猴,问木匠这个毛猴是用什么木料刻成的?木匠看了半天答不上来,先生笑道:原来你当了一辈子木匠,也不认得的木料!

咱们赶快走

下了一阵小雨,老张发现自己房顶漏雨,便请栋娃师徒二人修补。他俩冒雨修了三天,房子修补好了,雨也不下了。栋娃便背起家伙,拉着徒弟,偷偷溜走了。

走到半路,徒弟问道:"师傅,咱干了三天,你怎么连工钱都不要,像个贼娃子一样溜回来了?"栋娃说:"好我的憨徒弟哩,你就不看情况,雨停了,人家房子不就白修了。你想人家还会给工钱?"徒弟也开窍了:"那咱们赶快走,小心他撵上来,给咱要这三天的饭钱。"

保险摇匀了

小安到医院看完病，医生给他开了一瓶药水，再三嘱咐他"摇一摇再喝"。他到家每次喝药之前，总要先站在院子里，把身子前后左右摇上一会儿，然后才喝药。

后来妻子有了病，医生也给开了一瓶配制好的药水，同样嘱咐"摇一摇再喝"，并强调了一句"摇匀了再喝"。他对"摇一摇再喝"已经知道，可"摇匀了再喝"，他就不太懂了。于是他问医生："大夫，你说这怎么才算摇匀了呢？"医生说："这药水有沉淀物，喝前先摇药瓶，把药水摇匀了再喝。""噢。"他这才明白了，喝这种药之前，不但要摇人，还要摇药瓶。也真够麻烦的。

妻子用三天时间把一瓶喝完之后，才说她每次只摇自己，忘了摇药瓶。小安慌了手脚，这可怎么办？急忙请教父亲。父亲一听，便说："那药水在她肚子里肯定没匀，咱们就摇你媳妇的肚子吧！"于是丈夫、公公、婆婆一齐动手，把媳妇扳倒。拽胳膊的，抬脑袋的，提腿的，像小孩子玩筛灰一样，三个人把媳妇整整筛晃了一个时辰。婆婆乏得不行了，就问公公："你看看摇匀了没有？"公公用手在儿媳肚子上揉了揉，用耳朵在儿媳妇肚脐眼听了听，点了点头说："揉着软光软光的，听着呼堂呼堂的，保险摇匀了。"

手　机

　　二明的手机刚买不久就被偷了,可把他心疼坏了,更重要的是手机卡上有好多朋友的联系方式,这几天他连生意都没有法子做了。抱着试一试的心态,他给自己的手机发了一条短信:"朋友,手机可以给你,能不能把卡还给我?"短信发过去后,对方很快就回复了:"行啊,你顺便把手机说明书和充电器给我带来吧。"

城里的天气真不好

小荣和老婆在家看电视,老婆在一旁老是唉声叹气,小荣不耐烦地问她:"好好看电视哩,你咋呢,长呼短吁的?"他老婆一本正经地说:"城里的天气可真不好,一年比一年热。"小荣说:"你怎么知道?"老婆说:"你看电视里头,城里的姑娘们热的去年露胳膊露大腿,今年开始热得露肚子了,明年她们可热得穿什么呀?"

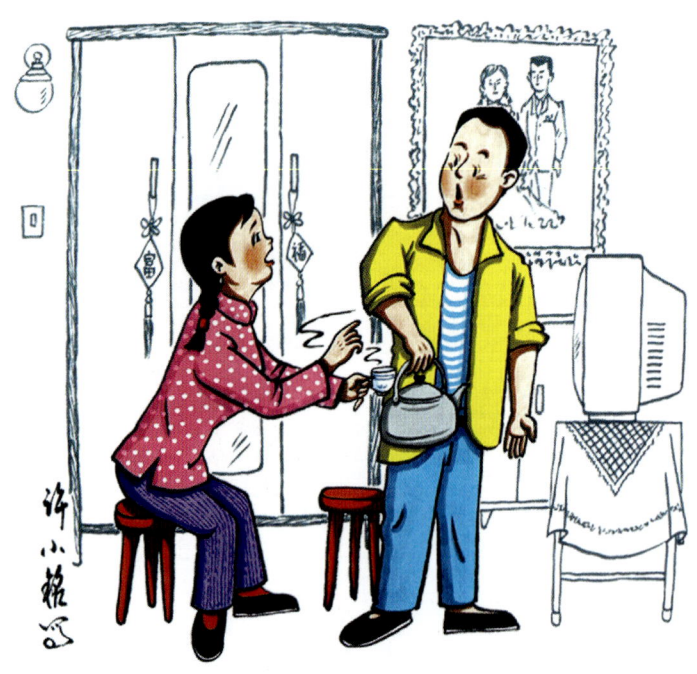

不是好品种

县城开了一家宠物商店,取了个英文名字——道哥。

道哥商店里的生意很好,许多领导把爱犬送来,叫服务员给它洗澡梳理。

服务员害怕弄错,就给小狗的脖子上面挂一个牌子,上面写上主人的姓氏和职务。

2月的一天,小狗们发情,互相嬉戏打闹。一个服务员大喊:"快来看哪,郝局长爬在何主任身上了!"

经理说:"快快弄开它们,它们都是杂种,配下的一定不是好品种!"

你胡球吹

在外地工作的波娃回到老家,给三奶奶说咱们国家的"神舟"七号飞上了月球,三奶奶问:"月球是个啥嘛?"波娃告诉她:"月球就是月亮。"她听了不屑一顾:"月牙就是月牙,你还洋气地叫它个月球,哈哈,哈哈。"她这一笑把波娃弄了个丈二和尚摸不着头脑,没有等波娃反应过来,她又问:"月牙那么高,它咋上去的?""是火箭送它上去的。"波娃又如此这般地给她解释了半天,谁知三奶奶斜了他一眼,说:"你这娃就能胡球吹!我过年放的双响炮,三块钱一个的才能飞到房顶!你说的那火箭多少钱一个呢?"

婆媳俩买柿子

婆媳俩去集市上买柿子。婆婆问卖柿子的:"你的柿子涩不涩?"卖柿子的说不涩,婆婆不放心,又问了一句:"真的不涩?"卖柿子的打保票说:"真的不涩,要是蒙哄你,我是你儿子。"不想,一句话把一旁的媳妇给惹恼了,媳妇说:"你这浑小子干嘛变着法占我的便宜!"

各有所获

黄河滩边戏园村,两个业余歌星在闲聊。

一个说:"我首次登台就获得很大的成功,听众献给我的鲜花,足够我的妻子开一家花店!"

另外一个听了哈哈大笑,说:"你那算啥,我第一次登台就弄了一座房子。"

"哼,你就是会吹牛!"

"不是吹牛,听众掷上来的砖头,足够我盖一座房子。真的!"

裤衩穿在里面

新中国成立前的一个冬天,有个"土财主",要到城里去避寒。临行时有人对他讲:"城里人跟乡下人不同,人人都穿裤衩。到城里不穿裤衩要被人笑话的。"他赶忙令人做了一条。他先贴身穿上试了试,觉得冻得慌。又套在棉裤外面试了试,前后看了看,感觉也不冷了,也不难看,但是又一想,这样实在是难看,还是贴身穿上好。但是别人看不见裤衩依然要笑话他的,想来想去终于想出个办法,他找了张纸条请人写了"裤衩穿在里面"几个字,贴在屁股后面,方才起身进城。

他走在城里,人们见他屁股后面贴着纸条,大笑不止,他被人笑得恼火,大声骂道:"你们这些土包子不穿裤衩,怎么倒笑话起老爷我来了?"

玩具手机的故事

有一天,刚娃在人来人往的飞云公园拿着手机大声叫着:"喂!是王总吗?我是刚娃。那批货已到了吧?好!我马上安排人去给你转货款。"接着,他又神气十足地打起手机:"是张董吗?今天有没有空?我请你在电力宾馆吃饭!不,不,不,别客气,还是我来请。"

刚娃顺势环视了一下四周,心中暗自高兴:他们一定很羡慕我,特别是那边几个漂亮的女娃,嘿,嘿……他陶醉了,牛逼的都忘了自己姓啥叫啥。

"刚娃叔叔,你说好的只玩一会儿,现在你该将玩具手机还给我了。"5岁的豆豆跑过来大声地叫喊着。刚娃赶紧用手捂住豆豆的嘴:"这熊娃,你叫喊求哩!"

你长得真年轻

祖娃去运城办事，在公交车上，给一位老大妈让了座，老大妈高兴地和祖娃攀谈，问："孩子多大了？"

祖娃回答："二十六了。"

老大妈羡慕地说："你长得真年轻，看起来也就三十出头，孩子都二十六岁了。"弄得祖娃哭笑不得。

烧给谁做呢

学校里,清明节放假前,老师说:"在这次考试前,我会发几份模拟卷给你们作,还有几份让你们清明节时带回去。"

下面的学生开始嘀咕道:"清明节带回去,咱烧给谁做呢?"

语出惊人

桂兰最近发现他爱人总是偷偷摸摸的打手机,听得出对方是个女人的声音。她有一种不祥的预感:是不是他有了外遇?

这天晚上,他的手机又响了起来,桂兰偷偷地竖起了耳朵。

"好了好了,今天晚上我一定会跟她说的,你就别再催了。"他悄声说。桂兰陡地一惊。

"老婆。"他来到她面前。

"嗯。"她声音颤抖地答应着,"什么事?"

"我……"他表情忸怩地搓着双手。桂兰感到自己快要窒息了。

"我爱你。"他轻轻地说。

"啊?"桂兰惊愕地瞪大眼睛,以为自己听错了。他害羞地扬了扬手里的手机:"是你那个在太原上大学的宝贝女儿逼着我说的。"

你看伢这娃多孝顺

春娃骑摩托车路过一个村子时遭遇'碰瓷',对方是一个老无赖,硬说春娃撞了他,面对许多围观的群众,春娃一时不知所措。

过了一会儿,春娃忽然抱住那个老无赖声泪俱下地喊道:"爸,你等着,我赶紧给你找医生去。"接着,他骑上摩托车一踩油门跑了,老无赖目瞪口呆,恼怒地叫唤:"你给老子回来!"围观的群众不约而同地说:"你看伢这娃多孝顺。"

言过其实

史贵一辈子品行不良，不务正业，老是花天酒地。他喝酒以后借酒发疯，不是打老婆就是骂儿子，亲戚朋友被他害的鸡犬不宁。不久，他得暴病死了，他老婆虽然平时对他恨之入骨，但也不免含悲在灵前谢客。听到朋友在念祭文时，有一段是"秉性纯厚，品学兼优，瞻家教子，勤俭朴实，济弱扶贫，无不爱戴……"他老婆低声地向旁边的儿子说："你快去看看棺材里躺的是不是你爸爸。"

以旧换新

单位原来规定,办公室的灯泡坏了必须以旧换新。萧明当时是个小领导,多少还有一点权力。有一次,他办公室台灯灯泡坏了,便拿了坏灯泡去库房以旧换新,保管员为了讨好萧明,就说:"主任,坏灯泡你拿回去,下次还能换个新的。"

萧明谢了他,便拿了新旧两个灯泡下了楼,走到半路,心想:反正灯泡不坏我又不换,要这个坏灯泡有啥用处?随手就把坏灯泡丢进了垃圾坑。

进了办公室,拧上了灯泡,咋鼓捣台灯也不亮。仔细一看——原来他一时疏忽把新灯泡丢进了垃圾桶。没有办法,也为了面子,萧明只好上街买了一个新灯泡。

哎,聪明人也会办痴熊事。

借 椅 子

张村的牛换到曲沃卖苹果,他站在大街上叫唤了一天,又累又饿,身子有点实在撑不住了。便跑到附近的一户人家,想要口水喝,顺便借一把椅子。

主人热情地给他泡了一壶热茶,东拉西扯的还聊了半天。临走,牛换操着满口万荣土话说:"大哥,我想借你家里的ni(椅)子用一用。"主人惊讶地瞅着他,牛换赶紧补充道:"就用一个晚上,明天一早我就还给你。"没有想到主人顿时拉下了脸:"你滚求的远远的!"没等牛换再说什么,一下子就把他推出了门。

牛换到现在也没有明白,那家主人为啥说翻脸就翻了脸。

原来曲沃的土话把女孩叫妮子。

打一儆百

万信和老婆去看新买的住房。一开门,一只老鼠从眼前跑过。万信迅速关上门,拿起笤帚追打:"我花了十几万元还没住哩,你狗日的倒先住上了,老子今天饶不了你!"

就在老鼠被打得快要咽气时,他开门将其放走。妻子抱怨他为什么不把老鼠打死,万信回答:"让它回去给其他老鼠捎个口信,就说咱们这家人不好惹,以后别来骚扰!"

你喜欢孩子吗

喜山的媳妇生了一个娃,他们两头的老人都年纪大了,不能来看娃,喜山就托人找了一个保姆。对新来的女保姆他当然要进行测验:

"你会做饭吗?"

"会的,先生。"

"你会洗衣服吗?"

"会的,先生。"

"你会熨衣服,收拾家吗"

"会的,先生。"

"很好,那么你喜欢孩子吗?"

"喜欢。……不过,先生,这事你是不是最好还是谨慎点。"

开家分公司

好吃懒做的宝娃每天不是喝酒就是打架,媳妇气的离了婚,孩子也跑得不知去向。最后他只好流落街头乞讨。有一天,他站在街角,双手各拿一顶帽子,等着别人施舍,有位行人停下来往一顶帽子里扔了个硬币,然后问:"另一顶帽子是干什么用的?"

"最近生意做大了。"宝娃回答,"我决定开家分公司。"

"呸!"行人伸手迅速地从破帽子里拿走了刚扔的那个硬币。

刚才拉的

街上刚开了一家拉面馆,听说味道还不错,谦娃便进去想尝尝鲜。吃饭的人多,他等了好半天还不见面上来,谦娃急了:"我的拉面怎么还不上?都等了半天啦!"

服务员赶紧解释:"别急别急,师傅正拉呢!"

说着大师傅端着一大碗热面来了,极其热情地说:"这是我刚刚拉的!还冒热气呢!请吃请吃!"

撞车之后

新疆人和万荣人的汽车相撞。新疆人下来看了看,觉得车没多大问题,说算了吧。

万荣人也笑着说没什么问题,顺手从车上取出一瓶酒。

万荣人:"大哥,车没什么大问题,喝点酒压压惊吧!"

新疆人接过酒瓶喝了一大口,递给万荣人。

新疆人:"大哥,你也来点吧。"

万荣人:"我不急,等警察来了看过以后我再喝。"

舔一舔

星娃站在铁匠铺旁边,看铁匠打铁!铁匠有些讨厌他,便拿出烧红的铁,凑到星娃面前吓唬他:"看、看、看,有什么好看的!"

星娃眨了眨眼说:"你给我一块钱,我就敢舔一舔它!"

铁匠听后,马上拿出一块钱给了他。

星娃接过钱用舌头舔了一下,放进口袋里跑了……

该洗澡了

过去,农村的条件差,人们洗个澡很不方便。刘老汉这天感觉身上不爽快就去看医生,医生检查后说:"没关系,注射一针就好了。"

医生拿着药棉球在老汉胳臂上擦了又擦,如此反复三四次。

刘老汉以为病很重,担心地问:"医生,问题严重吗?"

医生认真地说:"老人家,你该洗澡了。"

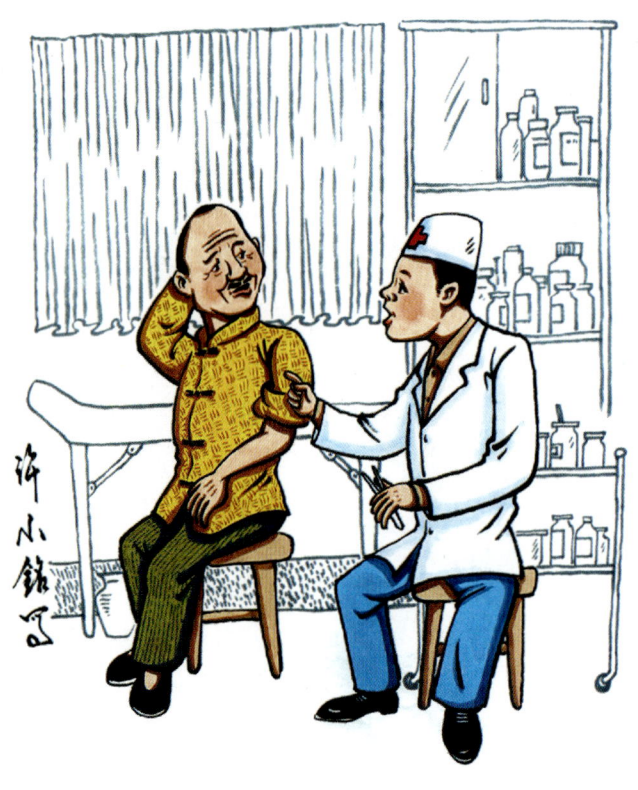

替死鬼

一天，小虎来到他未来的丈母娘家做客。丈母娘说："你随便坐坐，菜马上就好！"然后，就进厨房忙去了，这时客厅里只剩下紧张的小虎和丈母娘养的宠物狗小白。

突然间，小虎感觉肚子非常难受，他心想：不行！我一定要忍住！可是他实在忍不住了，噗！他放了一个无敌臭的响屁，他心想：这下死定了，一定会被赶出去的！没想到丈母娘只是大喊了一声："小白！"小虎于是放心地想：幸好有小白当我的替死鬼。

然后他又忍不住放了第2个屁，丈母娘依旧大喊："小白！"

当他放第3个屁时，就看到丈母娘冲出来大骂说："小白！你是不是要等到被臭死才要跑！！"

坐 火 车

　　胡老汉第一次坐火车，上了卧铺车厢。乘务员过来检票，告诉他："您的车票是硬座，不能坐在这里。"老汉说："我去太原看我娃，买的是火车票，为什么不能坐在火车里？"乘务员好说歹说他就是不听，无可奈何，只好报告车长。车长对老汉解释说："很抱歉！您买的不是卧铺票，所以只能坐到硬座车厢去。""我去太原看我娃，买的是火车票，为什么不能坐在火车里？"胡老汉仍然重复着这句话。车长没办法，又找来了乘警。乘警俯身对老汉耳语了几句，老汉立马站起身，大步向硬座车厢走去。

　　乘务员惊讶不已，忙问乘警跟老人家说了些什么。乘警回答："哈哈，我告诉他卧铺车厢不去太原。"

吃的啥

　　印苏下地回来,就急急忙忙地跑到厨房,舀水和面急忙做饭,因为娃娃马上就放学了,全家人吃了饭以后个人都还有个人的事呢。

　　正在她忙得不可开交的时候,淘气的儿子贝贝放学回来了,小娃家是麻雀肚子——到点就饿。贝贝在家里翻腾了半天,也没有找下啥吃头,就缠住印苏:"妈妈,我要吃好吃的,我要吃好吃的……"这时他突然发现妈妈嘴里在嚼东西,就问:"妈妈,你嘴里吃的啥?"印苏急的做饭没有理娃。贝贝饿得难受就反反复复地问:"妈妈,你嘴里吃的啥?吃的啥嘛?"印苏有一点不耐烦,没有好气地吼道:"吃的啥,吃的啥?吃的屎!!"

　　其实,印苏嘴里嚼的是一截子葱。

海报的威力

宏娃是个狗脾气,经常因为一些屁大的事和媳妇吵架。

这天晚上,由于家务上的小事,他劈头盖脸地把媳妇又臭骂了一顿。第二天早上,宏娃醒来时发现媳妇离家出走了,他感觉很是后悔,于是来到电影院门口张贴了一张海报,上面写着:"老婆,我错了,请你回家吧,晚上在此相见。"

到了晚上,宏娃怀着忐忑不安的心情来到张贴海报的地方,发现有十几个妇女在那儿站着。

蘸着吃

北京做生意的二宝在老家的大宾馆请客,主菜上来了——烤羊腿,一大盘肉骨头,一碟子椒盐。一位北京哥们儿酷爱这口儿,毫不客气地抓起一块羊肉,咔嚓就是一口,呱唧呱唧地大吃起来。服务员一见,说道:"先生,这个要蘸着吃。"哥们儿将信将疑的看了看服务员,又看了看二宝。二宝说:"蘸着吃好吃一些。"

哥们儿于是拿着羊腿站起来,咔嚓又是一口。

服务员赶紧过来问:"先生,您有什么需要吗?"

"啊?没有啊。"

"那请您坐下来吃。"

哥们儿嘀咕着坐下来,看了看大伙儿,茫然若失。小心翼翼地把羊肉拿到嘴边又咬了一口。

服务员又说:"先生,这个要蘸着吃。"

哥们儿腾地一下站起来,挥舞着拳头怒气冲冲地嚷:"又要站着吃,又要坐着吃,到底怎么吃!?"

功夫了得

走南闯北的余虎是一名美食家。在一次宴席上，有位客人点了一只北京烤鸭，服务员端上来后，余虎在鸭嘴上舔了一下说："不对，这是只南京鸭。"服务员忙换了一只，余虎舔了一下鸭嘴说："不对，这是只湖北的鸭子。"服务员又换了一只，余虎又舔了一下鸭嘴说："还是不对，这是只广东鸭！"

这事惊动了饭店老板，老板非常激动地跑出来，把嘴凑到余虎面前说："我从小就是孤儿，不知道自己是哪儿生的。麻烦您也舔我一下，看看我是哪儿的人。"

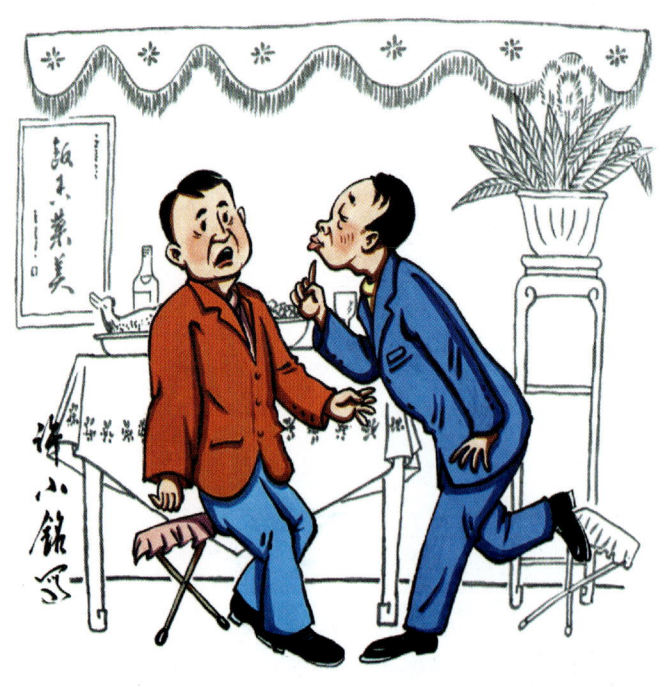

红薯叶是喂猪的

荣河镇的哲娃和粤生是一起当过兵的战友。粤生从小在广州长大,特别看不起乡下人,但是,粤生却非常喜欢吃北方的红薯叶。

一次哲娃去广州旅游,顺便去看粤生。粤生在饭店招待哲娃,特意点了一盘红薯叶。还高声说:"这可是城里的美味,放到火锅里是最好吃的;你们乡下人是吃不到的。"哲娃一听很不高兴,站起来说:"粤生,我们那里的红薯叶一般是拿来喂猪的……"

搭　　船

康康在南方做苹果生意，一天，因要赶着搭船，所以用最快的速度开车赶到码头。

当他赶到码头时，见船刚离开岸边，他把车门一锁，立刻以跑百米的速度跳上船，整个动作一气呵成，没有任何停顿。

他的举动吓坏了全船的人。

船长很奇怪地说："先生……船还没靠岸呢……"

视力很差

换娃今年到了应征入伍的年龄,但他不想当兵。当他去体检时,他就假装自己的视力很差。

医生指着墙上的视力表说:"请读一下最上面一行。""什么的最上面一行?"换娃问。"这个表的最上面一行。"医生回答说。"什么表?""墙上的这个表。"医生说。"什么墙?"换娃又问。

最后医生断定换娃的视力很不好,不能服兵役。

当晚,换娃去电影院看电影。电影开演之后,黑暗中走过来一个人,坐在了他旁边的位子上,灯亮时,换娃发现他的邻座正是当天早些时候为他体检的那位医生,他立刻说道:"对不起女士,这辆公交车是开往运城的吗?"

公猪的故事

老丁住在山顶上,养有一只母猪。

山下的老范养有一只公猪。

有一天老丁打电话给老范说:"老兄,我家母猪发情了,借您家公猪用用,生小猪后,送两只作酬谢。"

于是老范用平车将公猪拉到山顶去……

第二天,老丁又来电:"老兄,一次恐怕不能保险怀上小猪,今天再追加一剂,如何?"于是又再重演一次。

第三天,当老范起床开门一看,公猪已经面带微笑的坐在平车上了。

酒后回家

大年三十晚上，王小二喝醉了酒跌跌撞撞，东摇西晃地回到自家门前，伸手"啪啪"敲门，并大声喊："告诉我，这是王小二的家吗？"

他的妻子在屋里说："是啊，不过，他不在家，你明天再来吧！"

王小二摇摇头："真不凑巧，那我就明天再来吧。"说完便又摇摇晃晃地走了。

看 猩 猩

　　万娃去动物园看猩猩,首先向猩猩敬礼,猩猩便模仿他敬礼,万娃又向猩猩作揖,猩猩便也模仿他作揖。万娃非常得意,又向猩猩扒眼皮,不料猩猩并未模仿,而是打了他一巴掌。万娃生气地质问饲养员,饲养员告诉他,在猩猩的语言里,扒眼皮是骂对方傻瓜的意思,所以猩猩要打你。万娃明白了其中的意思。

　　第二天,他再去动物园计划报复。他向猩猩敬礼,作揖,猩猩都跟着模仿,于是他拿出一根大棒子向自己头上打了一下,然后把棒子递给猩猩。不料猩猩这次却没有模仿,而是向他扒了扒眼皮,夺过棒子就向万娃头上打,吓得万娃撒腿就跑。

我就是你老婆

旺子中午又喝多了,他回家刚躺下,就被一个女人没头没脑的打了一顿。

旺子说:"我又没醉,你为什么打我?"

那女人边打边骂:"你还没喝醉?连家门都进错了。"

旺子眯着醉眼,看了一下女人说:"对不起,原来你不是我老婆……"

他话刚说完头上又重重地挨了一下:"我就是你老婆,正在邻居家里打麻将……"

古 董 商

胡德理是一个古董商,结婚四十年,年岁已过六十,喜欢上了家里的小保姆,背地里总对保姆动手动脚。老婆知道了,就与保姆商量了一计。

保姆对胡德理说:"大叔,今天半夜你来我房间。"胡德理甚喜。半夜里他悄悄地进了保姆房间。此时保姆已与他老婆换室而居。胡德理上得床来,并无言语,倾盆暴雨,尽其所能。事毕,躺于床侧,高兴地说:"还是你好,比我那个老黄脸婆强多了。"话音刚落,老婆一脚将他踹至地下,骂道:"你还玩了一辈子古董,连这么个老货都不认得。"

婉转的话

妻子在外地打工，有一天打电话给宏娃："我那只可爱的小猫怎么样了？"

"死掉了！"

"我的妈啊！这消息太可怕了，你咋这样痴熊，为什么不用婉转的话告诉我？譬如，你可以说，它已经爬上房顶，一不小心滑下去了。然后再缓缓地说，它已经不在了，你明白吗？"

"对，我知道了。"

"亲爱的请你再告诉我，我爸爸怎么样了？"

"他已经爬上了房顶……"

如此密码

高升当官没有几年，却贪污了不少钱。前一段东窗事发，他被双规，办案人员到了他家查收财产，家中的大保险柜却怎么也打不开。专家说：此乃声控锁，密码八个字。办案人员轮流猜试："人不为己，天诛地灭"，"上天保佑，升官发财"，"人为财死，鸟为食亡"……均不灵！无奈，只好把高升押来。只见其清清嗓子，用浓重的乡音正色道："清正廉洁，执政为民！"保险柜的门应声而开，满柜珠宝惊呆众人。

反抗毕竟是有限的

帅哥魏威正在热恋，他想试探女友是否能做到守身如玉，便问女友："如果你深夜一人在街上走，突然来了一个男人要和你亲嘴，你怎么办？"

女友答道："我会反抗，并打他一个耳光。"

魏威又问："如果又来了一个喝醉了的男人一下子抱住你，你怎么办？"

女友答道："我会全力反抗，不让他得逞。"

魏威听了，高兴地连连点头，继续问道："假如又走来一个很帅的男人，向你提出那种要求，你怎么办？"

女友听了，不假思索地说："你要知道，一个女人的反抗毕竟是有限的！"

谁泼我

张村的张才娃这两年卖苹果赚了许多钱,便带着老伴到云南旅游。泼水节上,大家彼此泼水祝福,忽然听见张才娃扯开嗓子骂道:"哪个熊泼我呢?!"

旅游团的导游急忙劝他:"大爷,泼水节是傣族的传统节日,人家泼你是祝福你哩。"才娃瞪大了眼睛吼道:"少来这套,不知道哪个瞎熊刚才拿滚水(开水)泼我来着?!"

尿　　样

在医院才上了3个月班的小霞，昨天被医院辞退了，原因是这样的：一天，小霞为男患者送检尿样，不小心把患者的尿样撒落一地。小霞怕人笑话，便把自己的尿样拿去化验。医生看到化验单之后，十分惊讶。患者很害怕，问医生自己怎么了？医生结结巴巴地说："先生，你，你，怀孕了。"

办不成的事

鹏鹏到北京去做生意,在大街上碰见一个小混混,小混混看他外表土里土气,就口无遮拦地吹开了牛:"咱哥们在北京朋友多、关系广,没有办不成的事。现在这社会只要肯花钱,啥事情对咱哥们儿来说都是小菜一碟!"鹏鹏略微思考了一下,说:"大哥,我给你20万,你把我爸的照片挂到天安门上,能行吗?"他看见小混混面有难色,就又道:"挂的时间不要太长,两三天就行。"

小混混红着脸一溜烟窜了。

苍蝇被割成了双眼皮

三个厨师比赛谁的刀法准,便请来一位裁判,比赛割苍蝇。

第一位出场的厨师,只见"欻、欻"两刀,正在飞的两只苍蝇被割成了两半,裁判给打了80分。

第二位出场的厨师,只见"欻、欻、欻、欻"四刀,两只苍蝇被割掉了翅膀,裁判给打了90分。

最后一位出场的是万荣厨师,只见一道白光闪过,苍蝇仍在飞,裁判捉住苍蝇看了又看,给打了100分。

前两位厨师不服气,便找裁判评理,裁判说:"苍蝇被割成了双眼皮。"

结婚储蓄

兴娃结婚以后小两口非常恩爱。有一天妻子对他说:"我们何不在每次亲热之后放10块钱在储蓄罐里,这样既存了钱,以后也好证明我们的爱有多深。"兴娃欣然同意。

终于有一天钱罐满了,于是兴娃砸碎了钱罐开始数钱。突然他发现了三张100元的,大为恼怒,就质问妻子道:"这是怎么回事?我每次只放10元,怎么会有100元的?"

妻子不屑地说道:"你以为每个人都像你一样小气吗?"

富二代的交通工具

一个煤矿老板花钱让儿子在北京上了个私立学校。有一天儿子给他发了个短信:"老爸,北京是个好地方。这里的人都很友善。但是我进了学校却很不好意思。别人都坐地铁上学,就我开的是奥迪A6。"煤矿老板马上回了信息:"儿子,我给你银行卡上转了50万过去。别给我丢人了,赶紧去买个地铁。"

不要等了

旺才这几年种药材挣了不少钱,去年他和老伴到西安游玩,不小心老两口走散了,这下可把旺才急坏了,找了好几条街也不见老伴的影子,这时候他看见对面有一个警察,就跑过去对警察说:"我和妻子走散伙了,要是她经过这里,你可以叫她在这里等我吗?"

警察:"可是我不认识你夫人呀!"

旺才恍然大悟:"噢!一点不错!我真没有想到这事,那你告诉她,叫她不要等了。"

黄泥包猪仔

有个馋媳妇，家里养了一口老母猪，下了20个猪仔。等丈夫干活去了，她就偷偷抓一把黄豆儿，把小猪仔哄进屋里，一棒子打死，用黄泥包了，放到火上把猪仔烧熟。然后摔掉黄泥巴，蘸着大酱吃得津津有味。隔几天馋了就烧一个。圈里的20只猪仔转眼间就剩下5只。

她丈夫问怎么回事？她撒谎说是狼拖去了。

丈夫心里疑惑，第二天便悄悄地躲到猪圈后想看个究竟，只见媳妇急忙跑来，拉开圈门，往地上撒把豆儿。小猪仔都去抢，冷不防她抱起一只回家。没等丈夫明白是怎么回事，就听屋里吱吱一声猪叫，就再也听不到动静。丈夫推开门一看，灶里一堆火炭上正烧着一个大泥球，上去一脚踢出一个白胖胖的小猪来。丈夫大怒，把媳妇痛打一顿。打完了，他拿起烤猪来闻闻，香喷喷的，拽下一条后腿来尝尝，情不自禁地说着："别说，这玩意还挺好吃的。"馋媳妇在一旁抽咽的哭着，急忙接口说道："……你……沾点大酱……才好吃哩。"

三次改姓

何智都30多岁了,父亲还没给他娶媳妇。有一天他唉声叹气地对父亲说:"我不姓何了,改姓可吧。"父亲问他什么原因,他说我的旁边少一个人啊,父亲会意了。答应马上托媒说亲。找了好几年媳妇还是没有找到。他又给父亲说我不姓"可"改姓"丁"算了。父亲问何故,他说:"空口讲白话,把可字里面的那个'口'字取了吧。"

又过了几年,他还是单身汉,便愤愤地对父亲说:"何字身边少个人,我改姓可,可字取了空口说白话,又改姓丁,如今我干脆连这个丁字也不要了,改姓一,独身一人过一辈子算了。"

贤惠的丈夫

望才到好朋友箫阳家里聊天。

天突然下起了大雨,箫阳便说:"雨下的这么大,我们也谈的正美哩,你干脆在我这里过夜算了。"

"好的好的,多谢挽留。"他答应着,便转眼不见了。箫阳以为他去了厕所,也不在意。

一个小时之后,他冒雨进来,浑身淋得好像一个落汤鸡。

箫阳忙问他是怎么回事?

望才说:"我特地回家给老婆说了一声,因为今天雨太大,我不回家去了。"

多此一举

凤凤和霞霞是一对好朋友,喜迁新居以后又住的是楼上楼下。这一天,闲来无事,凤凤给楼上的霞霞打电话,想叫她下来打麻将。电话打了半天也没人接。凤凤把脑袋伸出窗外向楼上嚷到:"喂!楼上有人吗?"

"什么事" 霞霞把脑袋从窗口伸出来问。

"接电话。"

内容保密

在外地打工的林娃和媳妇的关系非常亲密,虽然分居两地,但时常用通信来沟通感情。

可惜林娃不识字,每一次媳妇来信他都要请别人代读。

有一次,林娃接到媳妇的来信,便匆匆来到朋友宿舍。朋友大声地念着他媳妇的来信,林娃则在他的后边用双手捂住朋友的两只耳朵。别人见了觉得很奇怪,问林娃:"你捂他的耳朵干啥呢?"林娃回答:"是这样的,我不认识字,请他给我念我媳妇的来信,可我总不能让他听到我媳妇对我说的悄悄话呀!"

那可不行

荣娃正在屋里休息。突然他的小女儿急匆匆的从外屋跑进来,说:"爸爸,不好啦,咱屋里着火了。"

荣娃赶忙同女儿一同跑出来。

原来女儿不小心将炉子里的炭火掉了一块出来。将地上的柴火引着了,烧了一大堆干柴。

荣娃生气地说:"旁边就有这么多暖水瓶,你就不会把水倒出来灭火吗?"

"那可不行。"女儿回答,"暖水瓶里的水也是热的啊!"

王老汉买驴

有一天,王老汉在集市上买了一头毛驴。在牵驴回家的路上,有两个小偷悄悄地跟上来,一个解开牵驴的绳子,套在另一个小偷的脖子上,然后把毛驴偷走了。回到家里,王老汉回头一看,驴不见了,后边套的却是一个年轻人。

"我的毛驴呢?"王老汉惊奇地问。

"是这么回事。"小偷回答到。"我不孝顺父母,神仙就把我变成了毛驴,遇上你这样的好心人买了我。神仙就又把我变成了人"。"走吧。"王老汉一边解开绳子一边说:"以后再也不能不孝顺父母了,不然会再变成毛驴的。"

第二天王老汉又到集上,意外地发现一个人正在叫卖他昨天丢的那头驴。

王老汉走过去,用嘴对着驴的耳朵大声说:"年轻人,这回可没人救你了。"

磨 牙

老付有磨牙的习惯。这天晚上，他嘱咐妻子在他嘴里放片梨，以防止磨牙，接着便放心地睡去了。

第二天一早，老付发现嘴里没梨，便生气地质问妻子："我不是让你在我嘴里放片梨吗？"

"你还有脸说？"妻子揉着困乏的眼睛，"昨天那一斤梨都被你吃掉了，我还喂了你两斤干馒片哩！"

折磨虱子

一对乞丐躲在墙角里捉虱子。

老一点的乞丐看见小乞丐在那里来回折腾,就问:"你为什么把身上的虱子捉到头上,头上的虱子又捉到身上,而不把它们弄死?"

小乞丐:"我要让他们水土不服,受尽折磨而死。"

老乞丐:"啊……"

西安归来

刘家庄的刘强娃从西安旅游回来,一进门就向他媳妇诉苦道:"在西安,每天都要花我200块钱的房费,太厉害了,大地方的宾馆太贵了……"

他媳妇心疼地连连点头,说:"200块钱的确太贵了。不过你在西安游玩了半个月,一定看到很多好东西吧?赶紧给我讲讲。"

"好东西?"强娃嚷了起来,"我什么也没看到,我不能每天花费200块钱,让房间白白地空着。"

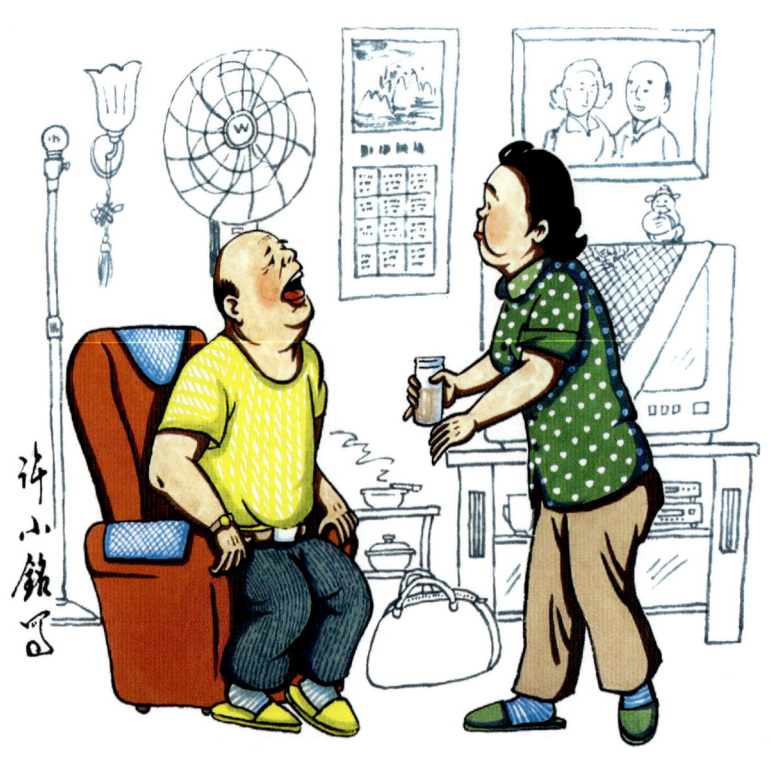

我是干洗的

某乡办企业的宿舍里。

一天班长到3号宿舍检查内务卫生,进门时闻到一股脚臭气。

班长问:"昨晚谁没有洗脚?"

大家说:"都洗了。"

班长:"洗了?为什么空气这么难闻,你们是怎么洗的?"

甲说:"热水浸泡。"

乙说:"冷水刺激。"

黄庄的蔡维维一摸脑门,很不好意思地说:"我是……干洗的。"

像只兔子

从前,有个地主喜欢别人奉承他,一天,他找来很会相面的万生为他相面。万生看了地主半天,认真地说:"你的面相非凡,耳长头小,眼大无神,红线盘眼,唇开齿露,好像……"地主急着追问道:"到底像什么?"万生说:"好像一只兔子。"地主的肺都快气炸了,叫人将他绑了,押在牛圈里,要把他活活饿死。

一位好心的长工,偷偷地拿了一些吃头,并且劝万生:"我们老爷最喜欢奉承,你若肯奉承几句,不仅放你回去,还能给你一点酬金。"万生说:"请您带我去再相一相。"长工禀告之后,地主答应再相。万生见了地主,看了又看,相了又相,最后对长工说:"你仍然把我绑起来吧,他还是像只兔子。"

故　　障

尤经理做了个痔疮手术，同事们约着一起去医院探望。男男女女七八个人来到病房，都对着经理呵呵地傻笑，谁也不好意思开口问他的病情。

只听司机老章干咳了两声，很认真地问经理："听说'底盘'出了点故障，现在好些了吗？"

响亮的名字

吃晚饭时,何大爷对老伴说:"老婆子,你知道吗,咱楼上楼下的老邻居都有孙子啦。高老汉的孙子名字叫高科技。胡老汉的孙子起名叫胡联网。美吗?"

"嘿,这名字叫得真响亮!"老伴连连称赞道。这时,何大爷突然想到了什么,连忙说:"老婆子,等咱有了孙子,你也给起个响亮的名字。"

"行啊,"老伴不假思索地道,"这事儿还不简单?你不是姓何嘛,咱孙子就叫何(核)武器!"

弄巧成拙

荣曦和媳妇去旅游,晚上在酒店登记了一个房间。

夜里房间的电话铃响了,一个娇滴滴的女声问:"请问先生需要服务吗?""滚,不需要!"刚挂了,电话又响,还是问是否需要服务,再骂!不一会,电话又响起,这下媳妇火了,拿起电话说:"你别再来骚扰了,我已经比你先到了!"这招还真灵,一晚上再没有骚扰电话打来……快到天亮时,电话铃再次把他们吵醒,媳妇十分生气地拿起电话嚷道:"别打了,姑奶奶我都陪他一晚上啦!!"

谁知,不一会儿房门就被敲开,一位警察手拿证件站在门口威严地对荣曦说:"说!昨晚来的那个小姐在哪里!!!"

奥特曼的故事

两口子在县城上班都很忙,晓娜就把母亲接来招呼孩子。

做姥姥的亲外甥当然没得说,一起去公园,一块逛超市,到了晚上,小外甥闹着要姥姥讲个故事才去睡觉。

姥姥:从前有个人挎着篮子去买菜……

小外甥:不行,我要听奥特曼。

姥姥很淡定:从前奥特曼挎着篮子去买菜……

小外甥大闹:不行,不行!我要听奥特曼和机器人打架!

姥姥:从前有个奥特曼买菜的时候和卖菜的机器人打起来了……

然后,小外甥听了奥特曼和机器人为一斤白菜打得头破血流后,满足地睡觉去了。

印象不错

小张因为办事马虎，谈了好几个女朋友都吹了。这天苏大姐又给他介绍了个女朋友，因为女方喜欢旅游，苏大姐特地安排他们在火车上见面，合适的话就一起坐车去旅游，不合适的话就下车各走各。出发前苏大姐再三叮嘱小张："姑娘就坐在你对面，路上你一定要细心照顾好人家。"小张点点头，向苏大姐保证这次绝对没问题。

火车慢慢启动了，不一会苏大姐给小张打来电话，说："人家姑娘刚才打来电话，说对你很满意！"可是小张支支吾吾地说："我上错火车了！"

酒后开车重罚

酒鬼荣山一天不喝酒就熬不到天黑。他还有一个更叫人忍无可忍的毛病就是喜欢酒后开车。

这一天,他开车又撞伤了路上的行人。

交警在勘察现场时,对荣山说:"酒后开车,要重罚!"

"罚就罚吧!"荣山打着酒嗝说:"罚三杯还是罚五杯?"

显示自己

不学无术的狗蛋，为了显示自己有文化，改名叫贾博，并且经常在上衣兜里插一支钢笔，外村人见了他，都以为他有点学问，不是大专生，起码是中专生。他听了很高兴就在上衣兜上又插了一支钢笔，别人更是以羡慕的眼光看他，有人议论："他不是个博士生也是个记者！"他高兴极了，这一天在上衣兜里一下插了五支钢笔，到集上来回晃悠，这回别人都以惊疑不解的眼光看他，许多人指着他的背影说："大概是个修理钢笔的吧！"

过奖了

平娃到大旺家拜访，凑巧大旺不在，他的媳妇正在绣十字绣。平娃看到以后道："你的刺绣真漂亮！"大旺的太太说："过奖了，假如你喜欢的话，我也为你绣一个。"

平娃回家后，把这件事告诉了媳妇，并称赞大旺的爱人真会说话。

过了几天大旺来拜访平娃，刚好平娃也不在，他的媳妇抱着孩子在玩。

大旺道："你的孩子真漂亮，圆圆胖胖的真可爱！"

平娃的老婆得意地说："您过奖了，假如你喜欢的话，我也为你生一个。"

准时驶过

打麦场上放电影,银幕上正放映一个妙龄女娃在河边脱衣服准备洗澡的镜头。河前面有一条铁路,当她正要脱最后一件衣服时,一辆火车驶来挡住了这个场面,自然,当火车过去后,那个女娃已经在河里了,仅露出来头部。

"混蛋!"贾庄的贾大爷突然一拍大腿大骂。

"怎么啦?"邻座的人问他。

"怎么?"他气急败坏地说:"我来看这片子已经八次了,而那熊该死的火车,总是在关键的时候开过来,日求怪!"

请你笑一下

在一家影楼，跟娃和小花正在拍婚纱照。

摄影师多次对跟娃说："先生，请你笑一下好吗？"可是跟娃脸上就是没有一丝笑容。影楼的技师用尽了一切办法，仍然无济于事。

正当摄影师一筹莫展时，小花对着他的耳朵小声说："新、马、泰咱们不去了，咱们来个孤峰山一日游，行了吧？"跟娃听后，立马笑了。而且笑得非常敞亮，因为他家就住在孤峰山下。

专业和尚

没有一点真才实学的涂局长,在一个局里的会议上作报告,他拿着架子,戴上眼镜,咬文嚼字,照本宣科。

文件上写的是"已获得文凭的和尚未获得文凭的干部",却被他念成"已获得文凭的和尚,未获得文凭的干部",引得台下哄堂大笑。

涂局长卸下眼镜,大声吼道:"有什么好笑的?和尚都能取得文凭,你们这些当干部的就更要努力喽!"

偷　　酒

年关将至,小波买了一桶好酒放在户外。

第二天他发现酒少了四分之一,很是生气,便在酒桶上贴了一个纸条:"不许偷酒"。

第三天,酒又少了四分之一,他气极了,于是又写了一个纸条"偷酒者杀"。

第四天,他发现酒又被偷,只剩下不到四分之一,他气得咬牙切齿,却又无能为力。

这天下午,他和朋友说起此事时,仍然义愤填膺。朋友却笑着说道:"你太笨了,你如果在酒桶上写'尿桶'二字,看谁还敢偷。"他觉得朋友说得很有道理,就照做了。

第五天,他一觉睡到天明,当他掀开酒桶盖子时,立刻大吃一惊——桶满了……

果然平安

小安和女朋友开车出去吃饭,到了饭店门口没有了停车位,只好停在了路边。

女朋友问他,会不会被贴罚单?他说没事,从包里拿出了一张罚单,自己贴在了车窗上。他们吃完饭回来,果然平安无事……

酒　量

有个外地人走进一家位于县城北街的饭店。他说："我听说你们万荣人个个都是海量。你们这儿谁能接连喝下10瓶啤酒，我就给谁500块钱。"屋里一片寂静。这时，坐在一旁的昌娃起身出去了，但还没人站出来接受外地人的挑战。

半个小时后，昌娃回来了，他拍拍外地人的肩膀："您出的价格还算数吗？"外地人说算数，就叫饭店老板拿来10瓶啤酒，在吧台上一字排开。外地人气定神闲，一副稳操胜券的样子。只见昌娃一瓶接一瓶，一连灌下了10瓶啤酒。

人们发出来一阵欢呼，外地人惊得目瞪口呆，他把500块钱交给昌娃，说："如果您不介意，我想问问，刚才那半小时您去哪儿了？"

昌娃笑了笑，答道："哦，我去街对面的一家饭店，确认了一下自己的酒量。"

能力有限公司

几个刚从学校毕业的好朋友合资开了一家公司,为了彰显公司的气魄,特取名"能力"。

"能力公司"听着多霸气啊。既能说明大伙的实力,又能体现市场竞争的魅力。

几天以后,一个伙计兴高采烈地从工商局拿回执照,哥几个傻眼了:执照上大大地写着"能力有限公司"。

情同此理

在北京上大学的卫文,爱上了一个南方籍的女同学。他每天穷追不舍,不是请姑娘吃饭,就是献歌送花。

女同学感觉他长得很土,便说:"你省省吧,就算世界上只剩你一个男人,我也不会嫁给你。"卫文立即回答说:"如果世界上只剩下我一个男人,你以为我还会看上你吗?"

就怕你不敢去

漂亮的林花正和一位男士在qq上聊天。

男士：妹妹，咱见面吧，没别的意思，就想请你吃一顿饭。

林花：请我去哪吃啊？什么档次？什么价位？

男士：只要妹妹赏脸，全城饭店随你点。

林花：真的？不会吧？

男士：相信你哥哥有这个实力。

林花：好，就怕点了你不敢去。

男士：只要妹妹愿意见面，哥哥马上就兑现。说去哪？

林花：去你家，让嫂子做菜吃。

更让您开心

元宵节的广场上,县幼儿园做了一个巨大的卡通形象——喜羊羊,游客只要向它嘴巴里投一枚硬币,它就会发出笑声。

有一位妇女乐此不疲地投硬币,听着喜羊羊不断发出哈哈的笑声。

这时,在边上看热闹的童童走到妇女身边,把自己的口袋敞开,说:"阿姨,你向我的口袋里投吧,我笑给你听。一定比它笑得更让您开心。"

赛 诗 会

"文化大革命"时期,全国各地学习小靳庄,村村社社热火朝天的举办起"赛诗会",一个个庄稼汉摇身一变都成了"诗人"、"作家"。

一天晚上,东风公社食堂丢了半缸面,第二天的赛诗会上一位老农朗读了他熬夜创作的抒情诗——

"啊,大海——你全是水;

啊,骏马——你四条腿;

啊,爱情——你嘴对嘴;

偷食堂面的人呀——你屋里要惹鬼。"

耧疙瘩

"大跃进"的时候,公社干部要来检查种麦。这天一大早,坛娃扛着耧、拉着牛,到垴里去种麦,到地里一看,不知什么时候把耧疙瘩掉了,他东找西寻冒了几身汗也没有寻见。这时,生产队长已经领着公社干部来到地头。坛娃急中生智,挥起鞭子赶着牛,用嘴"哨哒——哨哒"地学着耧疙瘩的声音,大摇大摆地"种起麦"来。

干部们看着他那认真的样子,连连夸道:"你看,你看,还是伢这把式种得好,不仅种的端而且耧摇的也有劲。"

实话实说

荣生在一个开发公司担任总经理,这天,他要起草一份报告,就告诉秘书:"今天别让人来打扰我。"

秘书问:"有人来办急事怎么办?"

荣生说:"告诉他,说过这话的不止他一个。"

下午一个女人来找总经理。

秘书告诉她:"我们总经理不见任何人。"

女人理直气壮地说道:"我是他老婆。"

秘书哈哈大笑:"说过这话的不止你一个。"

不放心

晚上,利娃在卧室用笔记本电脑上网聊天,老婆在床上睡觉。过了一会老婆对利娃说:"笔记本电脑屏幕太亮了,我睡不着,你还是去客厅上网吧。"利娃拿着笔记本电脑跑到了客厅。没过5分钟,听到老婆在里面喊:"我睡不着,你还是来卧室上网吧。"利娃很奇怪,就问怎么回事。

老婆叹了口气说:"你背着我上网和别人聊天,我不放心啊。"

假短信惹真祸

齐宾是某单位的一把手,最近因为要提拔一位股长,不少部下都忙着往他家跑。

这天齐宾对妻子说:"我马上要退休了,这次想提拔一个对我忠心的人,日后也好对我有个照应。"妻子点着头说:"你这个想法很对,可怎么知道谁会对你忠心呢?"齐宾说:"我说给你听,就是让你给我想个招数。"

他妻子是个很有点子的人,考虑半天后说:"你这两天别上班,我给你那几个部下发一条短信,就说你刚被'双规'了。然后我让他们都来咱家,研究解救对策。这样一来不就测出谁对你最忠心了吗?"齐宾觉得这个主意不是很妥当,可一时又想不出其他的好办法,就采纳了妻子的建议。

妻子用她的手机发出了短信。然而两天时间都快过去了,那几个部下别说是登门,就连电话都没有打一个。

齐宾正在痛心时,有人敲门。妻子忙去开门,发现是两个陌生人。来人亮出证件,自称是纪检干部,对齐宾说:"你被'双规'了,请跟我们走一趟。"齐宾两眼一瞪说:"开什么玩笑?我那是发了一条假短信。"纪检干部冷冷一笑,说:"正因为你的假短信,你的部下昨天已经自首了。"

剪 头 发

蓝村的花妈平时非常节省，每次剪头发，她都要去街上最便宜的"青云理发"店。

这天她跟往常一样去剪发。理发师面带遗憾地说："婶子，现在剪头发要8元了。"

"什么？一直都是5元，你怎么突然涨那么多？"

理发师很诚恳的解释："现在什么东西都涨价，连猪肉都涨了好几块，所以……"

花妈火了："这是什么道理？我剪头发又不放肉丝！"

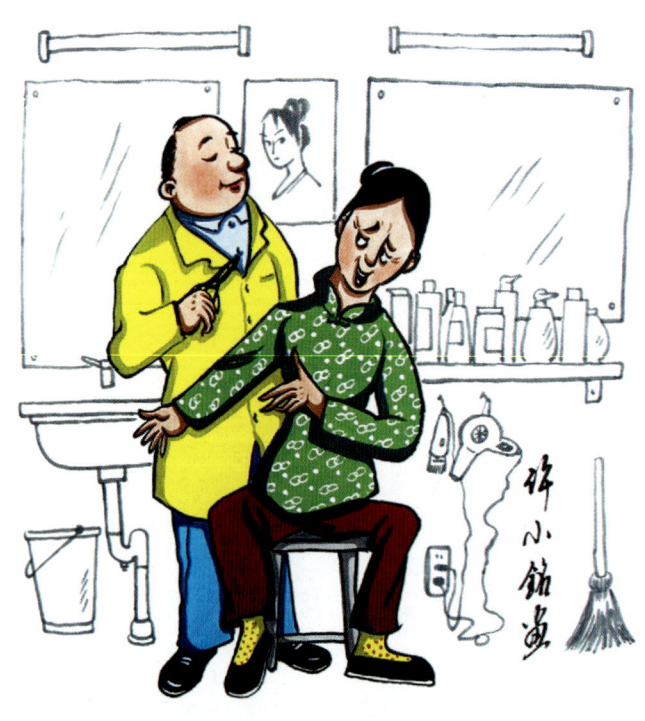

可别胡说

刘四娃的媳妇说话很不讲究,"你妈的脚"是她的口头语。四娃听了很不高兴,便嘱咐媳妇说:"你不知道,咱爹的小名叫脚丫子,今后说话不要带脚字。"媳妇点头答应,一连几天没说这句口头语,也不提"脚"字。可四娃仍然不放心,这天夜里,他想考验考验她,就故意把脚伸到媳妇被窝里。开始媳妇不吭声,只是把丈夫的脚踢出去。可四娃一连几次伸脚,媳妇急了,高声说:"管不管你爹?""我爹咋啦?""你爹又钻进我被窝了!"

不料,此话被住在隔壁屋里的婆婆听见了,便说:"好我的儿媳妇哩,你年轻轻的可别胡说啊!你爹还在我被子窝里头呢!"

知识改变命运

能言善辩的洪娃在街上摆了个算卦摊,一个年轻人来算命,洪娃摸骨相命掐算八字后说:"你20岁恋爱,22岁结婚,25岁生子,一生富贵平安,家庭幸福,晚年无忧。"年轻人听完哈哈大笑,指着洪娃的鼻子说:"我今年28岁,是个研究生,从来没有谈过恋爱,现在还是光棍一个。"

洪娃闻言,略微沉思后说:"年轻人,知识改变命运啊。"

儿子的愿望

妹妹快生孩子了,云娃领着儿子去看她。她和妹妹坐在沙发上聊天,儿子在旁边玩。没过一会儿,儿子就把妹妹的客厅弄得一团糟。云娃一边收拾客厅一边和妹妹说话:"希望你能生个女孩,男孩子太淘气,太难带了……"

妹妹笑着问儿子:"你希望小姨给你生个小弟弟还是小妹妹啊?"儿子想了一会说:"我非常希望小姨给我生个小奥特曼。"

内　行

王大贵在县银行上班，有一天他收到一条手机短信："我是你的朋友李杉，我在外地出了车祸，急需一万元。请把钱汇到这个账号上……！"

他就按照账号每次汇出一分钱，选择"收款人支付手续费"，这样，对方银行便从收款人账户扣掉两元，连续汇出大概一元多，这时终于收到收款人发来的信息："别再汇款了，已经扣掉200多了，你是内行吧？叫我怎么活呀？"

吃嘴婆

从前，陈家庄有一个媳妇叫兰娃，平常丈夫买点吃的东西，刚搁下就被她吃了一多半儿，在十里八村是出了名的吃嘴婆。常言道："馋有馋福"。结婚不到两年就生下了一个孩子，她就更有了解馋的理由。

一次孩子正在哭闹，丈夫赶集回来，拿出一个火烧，让她哄孩子。她拿着火烧在孩子面前晃动说："好宝贝，别哭，妈给你咬个月牙儿！"语音刚落就是一大口。一个火烧咬去了一半，孩子看了，哭得更厉害了。她说："别哭，好宝贝，你嫌不好看，妈再给你咬一个小老虎！"边说边咬去了一块。

这时，火烧只剩下一点点了。孩子哇的一声滚在地上连哭带闹。她抱起孩子说："啊，亲疙瘩，你别哭，你别哭！你害怕小老虎，妈就把它吃了。"说完，把剩下的一点也吞下了肚子。

幸 运

月兰在县城开了一个服装店,昨夜被小偷光顾。第二天一早,月兰对来查案的警察说:"老天爷保佑,幸好小偷不是前天晚上,而是昨天晚上来的。"

"这有什么不同?"警察问。

"昨天早上,我把全部商品降价40%,要是前天晚上来,我的损失可就大了。"月兰边说边做了个鬼脸。

没收工具

镇上的一个路旁墙角经常有人小便,环卫管理人员在墙上写道:严禁小便!可是没有什么效果。后来又写了:环境卫生,人人有责!还是没有什么效果。管理员想了很久,便在墙上写道:严禁在此小便,否则没收工具!

这一招果然立竿见影。

幽默夫君

平娃喜欢开玩笑,时不时地总要幽它一默。一天,妻子回家没有带钥匙,按门铃:"开门!"

屋里的平娃说:"请输入账户名和密码。"

"我是你老婆,赶快开门。""密码错误。"

妻子发火吼道:"你晚上是不是想挨打了,看我怎么收拾你!"

平娃赶紧开了门:"密码正确,登陆成功。"

出墙红杏

明娃出差一星期，回来未进家门先向门房管理员打探："我出差期间有没有人来找过我老婆？特别是陌生男子。"

管理员："没有，只有一个送报纸的前几天来过。"

明娃松了口气："看来是我多虑了！"

管理员又说："可他到现在还没下来呢！"

买 枣

金秋时节，有新枣上市，新鲜，水灵。李小涛想买几斤带回去，就问："这枣多少钱一斤？"

"8元一斤。"

小李吓了一跳："这新枣晒成干枣后才卖8元一斤，况且，要多少斤新枣才能晒成一斤干枣？你这价也忒离谱了吧？"

卖枣的妇女答道："你说是干瘪的老太太值钱，还是水灵灵的大姑娘值钱呢？"

方 便

去年春天,一个对中文略知一二的外国人来万荣某工厂参观。半路上厂长说:"对不起,我去方便一下。"

外国人不懂这句中文,问翻译:"方便是什么意思?"

翻译说:"就是去厕所。"

参观结束后,厂长热情地对这位外国人说:"下次你方便的时候,咱们一起吃饭!"

外国人有点不高兴了,用生硬的中文说:"我在方便的时候从来不吃饭!"

厂长:"……"

急刹车

在一辆去太原的长途汽车上,蛮娃坐在最后一排椅子上打盹,突然一个急刹车,蛮娃连滚带爬地扑到司机旁边,他站起来后,一双眼睛瞪着司机,全车厢的乘客都憋着一口气,以为要发生口角了,不料蛮娃却张口对司机说:"师傅,你找我有事吗?"

广播站故障

前些年，老王负责管理村里的广播站。这天，本村小伙王强来了，要求为同村的恋人引花点播一首祝贺生日的歌曲。

到了引花生日那天，老王却怎么也放不出音乐，眼看太阳就要下山了，他一着急，播出了这么一段话："各位乡亲父老，这里是村广播站，今天是引花的生日，王强在这特殊的日子里，特意为她点播一首《祝你生日快乐》，由于咱们村广播设备老化，歌曲无法播出，请引花听到广播后，自己唱一遍，谢谢！"

共 同 点

老实巴交的闷娃要出差,临走前,媳妇嘱咐他到了外地,每晚给她发一条短信。

当晚,媳妇果然收到了闷娃的短信:"你睡吧!"媳妇回复说:"语言不生动,你就不能换一种说法?"

第二天晚上,闷娃的短信如期而至,还是三个字:"我睡了!"媳妇气得哭笑不得,当即拨通电话,启发他说:"你就不会再浪漫一些,挖掘一些咱俩的共同点?"闷娃唯唯诺诺地答应了。

第三天晚上,短信终于来了,还是三个字:"咱睡吧!"

读　　卡

乔成把老父亲从万荣乡下接来北京旅游。为了方便,乔成给老爸办了一个公交卡。告诉他说:你上了公交车对着读卡机,读一下就可以了。

乔老汉以为这张卡跟月票一样,上公交车后向司机出示了一下,就想去找座位。

司机叫住他说:"请读卡。"乔老汉很茫然,只好拿起磁卡,小声念叨:"我去天安门。"司机听不到他念什么,指着读卡机继续说:"到那边读。"乔老汉很无奈,掉头走到读卡机旁边,大声念道:"我去天安门,我爱北京天安门……"

振 动

不知道刘三中午吃了啥,一进村委会他老是放响屁,其他村委忍不住说:你能不能不出声?

过了一会儿,只见他坐在椅子上抖个不停。

同事问他在干什么?

他回答:我现在调成振动啦!

心形饼干

景娃为了追一个让他心仪的女孩,他每天早上都给女孩送一包心形饼干和一瓶牛奶,坚持不懈,终于追到手。

一天早上他又带着心形饼干去看女孩,女孩问:"你这饼干哪买的?我去了好多超市,就是买不到这种形状的。"

景娃自豪地答:"那当然买不到啦,这是我自己一口一口啃出来的。"

句号太大

　　王科长应邀到某乡办企业作报告，办公室秘书给他准备了稿子，当他念到"我国即将加入WTO　　"时，他却念成"我国即将加入WT（停顿了好大一会儿），各级领导一定要加强外贸知识的学习……"

　　引起了听众的哄堂大笑。

　　这笑声让王科长非常尴尬，也很恼火，他以为笑声是因为那个不该有的停顿造成的。会后他对秘书严厉批评道："以后写稿子要仔细，不要把句号写的那么大。"

做诗饮酒

过去,有个老头的三个女儿都已出嫁。大女婿和二女婿都有学问,唯三女婿是个老实巴交的庄稼汉,老头自然瞧不起。一天,三个女婿都来看望丈人。老头想让三女婿难堪,便说:"今天喝酒,你们兄弟仨都作一首诗,诗中都得有大、小、多、少四个字。"

大女婿诗云:"岳父大人的酒壶好,上头大,下头小;来客时用得多,不来客时用得少。"老头连说:"不错不错,他姐夫,你喝酒。"

二女婿朝岳父笑笑,斜瞟了一眼三女婿,说:"岳父大人的扇子好,张开大,合上小;夏天用得多,冬天用得少。"老头又赞许一番,说:"他姐夫,你也喝酒。"

三女婿心里明白,这是有意给他难堪,心里怪不是滋味。正巧。丈母娘走了进来,他即兴说:"老岳母长得怪好,肚子大,双脚小;岳父用得多,别人用得少。"

狗 醉 了

严村的严老二喝起酒来不醉不休。他整日酒气熏人，醉生梦死，恨不得整天泡在酒瓶子里过日子，所以人们都称他为酒鬼。

一天午后，严老二又喝得大醉而归，一进家门就吐了个稀里哗啦，鸡狗看见都飞跑过去争强着吃哩。他头重脚轻一扭一歪来到屋门口，把门'咣当'推开走进屋内，身子左一摇右一晃，摸到炕沿爬上去，正要睡觉，只听见孩子背着书包放学回来，冲他喊道："爹，狗醉了。"

"什，什么？""狗醉了！"严老二醉眼朦胧的骂道："胡他妈的说。""狗真的醉了。"孩子有点着急又回了一句。严老二恼了，不由分说脱下一只鞋向孩子砸去，骂道："你他妈的再犟嘴，看我揍你个狗崽子！"孩子抹着泪哭了，指着屋门外说道："狗醉了，鸡也醉了。不信你去看看。"

严老二走出屋门，只见院内躺着一只狗和几只鸡，喊叫几声也不见动静。他走近观察了一番，自言自语地说："为什么酒喝到我肚里，狗却醉了呢？"

特色饭店

强强、刚刚、亮亮三个司机不约而同地走进一家万荣人开的特色饭店，强强点了个烧蜗牛，刚刚点了个炖兔块，亮亮点了个清炖甲鱼。不一会，清蒸甲鱼就端上来，亮亮开始享用了。又过了好一会，强强着急地问："小姐，我的烧蜗牛怎么还不上来？"，服务小姐笑着说："别着急，蜗牛不是走的慢嘛。"这时刚刚提高了嗓门吼道："那我的兔子也跑得慢嘛？！"服务小姐慢条斯理的说："兔子和乌龟赛跑不是输了嘛——。"

口水四溅

大大咧咧的二妞平时不拘小节,说话的时候总是大大咧咧。这一天和男朋友初次见面时,说到兴起,口水四溅,溅到了小伙子的脸上。

他本能地用手擦去。

二妞有点不好意思,但故意转移重点,装作很生气:"干吗!嫌弃我啊?"

男朋友满脸绅士地笑着说:"没,我是想把它抹匀一点。"

第 三 者

吴大爷风风火火来到儿子家。一进门他就指着小吴的鼻子大声说:"你小子是不是有第三者了?"小吴听着一头雾水,他急忙问:"爸,谁有第三者了,你凭什么这么说?"吴大爷冷笑道:"凭什么?就凭我昨天晚上给你打电话!电话里有个女的说,您拨打的电话已关机。"小吴问:"这又咋啦?"吴大爷说:"我耳朵好,听得出来,这不是你媳妇说话的声音!"

真假模特

在县城工作的政娃领着老爸逛商场。一进门见有一个模特。

政娃说:"爸,你瞧,好看吗?多像个真人。"

"别嚷嚷,让她听见多不好。"

"爸,那是模特,不是真人。"

听儿子这么一说,老爸便大胆凑上前,一看果真是假的。老头趁机摸了摸模特的脸蛋。临出商场的时候,只见门口也有个模特。老头装着老练的样子,上前去摸了一下她的脸蛋。

"同志,请注意文明!"模特开口说话了。

报　复

　　万嘉和媳妇去旅游，需要坐三天的火车，到达目的地后，他拿出了个小盒子，里面装着只蚊子。万嘉对媳妇说："这只蚊子是我在车上看见它叮你的时候抓的。"媳妇瞅了他一眼："那你当时为什么不直接打死，脏兮兮的把它带来干什么？"万嘉认真地回答："打死它太便宜了，我要在这里放了它，让它飞回去，三天的路程，一定能把这熊累死！"

治 腰 痛

城南的公园里,一对恋人坐在板凳上闲聊,突然,姑娘对小伙子撒娇地说:"我的脸有点痛。"

小伙子吻了姑娘的脸,问:"还痛吗?"姑娘羞答答地回答:"不痛了。"

片刻,姑娘又说:"我的脖子有点痛。"

小伙子又吻了一下姑娘的脖子,问:"还痛吗?"姑娘笑着答道:"不痛了。"

坐在不远的一位老太太听见了,佝偻着走过去,对小伙子说:"我的腰有点痛……"

姿势不对

捣蛋鬼李欢平时喜欢捉弄人，没事就给同事胡发短信息。有一次他给一个朋友发了手机欠费的通知，害的那人白跑了一趟。

这天深夜两点，李欢睡得正香，突然铃声大作，原来是一条手机短信，小李一看，气得差点晕倒，那短信的内容是："姿势不对，起来重睡！"

喷 雾 剂

变好发现一只黄蜂飞进屋里来，就对丈夫大喊道："这里有一只黄蜂，我们家里还有没有喷雾剂呢？"丈夫告诉她，水池下面还有一瓶。

"亲爱的，"她叫道："这是喷蚂蚁和蟑螂的喷雾剂。"

"噢，没事。"丈夫回答道："别让它看到喷雾剂上面的标签。"

嫩鸡肉与老豆芽

有一个吝啬鬼的亲家病了,要去看人就得拿礼物,他看看这也舍不得,那也舍不得,挑来选去最后拿了一颗鸡蛋放到提盒里。盖好提盒盖提上去看望亲家去了。

到家寒暄片刻后他将提盒交给亲家母说:"我听说他爸病了,急忙抓了一只鸡,给他爸补补身子,不过这鸡稍微嫩了些,好炖。"亲家母接过提盒打开盖子一看竟是一颗鸡蛋,她把鸡蛋搁下,到院里柴火堆上抓了一把豆子秆放到提盒里,盖严盖子。吝啬鬼要回去了,亲家母提上提盒送到大门口说:"他叔,我也不知道你来,没准备什么拿的,给你拿了些豆芽,微老些。"

棋高一着

晓叶在运城新开的服装城里租到了一家商店。开业的这一天,许多围观的人等着进去采购。她右侧商店的主人挂起巨大的标语:"一次性处理,大甩卖。"

左侧的商店老板挂起来更大的标语,上面写着"出口转内销,大降价。"

晓叶看了看两边商店的标语,过一会也挂出了一条标语,上面写着两个字"入口"。

金版万荣图文笑话

许小铭 编著

下卷

山西出版传媒集团
山西人民出版社

图书在版编目（CIP）数据

金版万荣图文笑话 / 许小铭编著. —太原：山西人民出版社，2012.8

ISBN 978-7-203-07834-0

Ⅰ.①金… Ⅱ.①许… Ⅲ.①笑话－作品集－中国－当代 Ⅳ.①I277.8

中国版本图书馆CIP数据核字（2012）第167169号

金版万荣图文笑话

编　　著：	许小铭
责任编辑：	高美然
装帧设计：	解朝晖
出 版 者：	山西出版传媒集团　山西人民出版社
地　　址：	太原市建设南路21号
邮　　编：	030012
发行营销：	0351－4922220　4955996　4956039
	0351－4922127（传真）　4956038（邮购）
E－mail：	sxskcb@163.com　发行部
	sxskcb@126.com　总编室
网　　址：	www.sxskcb.com
经 销 者：	山西出版传媒集团　山西人民出版社
承 印 者：	山西省运城市东阜印刷厂
开　　本：	787mm×1092mm　1/16
印　　张：	10.25
字　　数：	160千字
印　　数：	1－3 000册
版　　次：	2012年8月第1版
印　　次：	2012年8月第1次印刷
书　　号：	ISBN 978-7-203-07834-0
定　　价：	80.00元（上、下）

如有印装质量问题请与本社联系调换

写在前面的话

由中国美术家协会会员、国家一级画家、万荣籍人士许小铭先生创作、万荣八龙文化传媒有限公司编辑的《金版万荣图文笑话》上下集即将付梓出版。作为万荣笑话协会负责人，我们想在此说几句话，权作对该书艰难问世的一种诠释。

说这本书问世艰难，并非遇到什么波折，只因"她"怀胎时间之长竟超过了"十月怀胎"。用许小铭先生的话说，这次创作是他有生以来最为用心的一次，每一个笑话段子都字斟句酌，每一幅漫画作品都细琢精思，可谓用心之良苦。我们仔细品读之后亦甚为兴奋，总认为这本书从形式到内容都堪称万荣笑话系列产品的一个创新和精典。当然，广大读者才是最终的裁判员，对这本书的评判，还是放在运动场上吧！

谈这本书首先应该从"笑"谈起。俗话说"笑一笑，十年少"，现代医学也认为，笑，对人们的健康长寿有着十分密切的关系。笑有十大好处：一是增加肺的呼吸功能；二是清洁呼吸道；三是抒发健康的情感；四是消除神经的紧张；五是使肌肉放松；六是有助于散发多余的精力；七是驱散愁闷；八是减轻"社会束缚感"；九是有助于克服羞怯心理；十是能帮助人们适应环境，乐观地对待生活。"万荣笑话"就具备这些功能。这也正是"她"这坛陈年老酒在现代社会能香飘万里，迷醉国人之缘由。不是有人说，认识万荣是从"万荣笑话"开始的吗？此话不无道理。试想，万荣县在改革开放前后能打到全国的品牌应该是"注音识字"和"万荣大黄牛"，而进入21世纪后，万荣县能打到全国的品牌是什么？当然，首先是"万荣笑话"。

"万荣笑话"是发生在山西省万荣县这块黄土地上的幽默之花，是万荣人民宝贵的精神财富。"她"是聪明智慧、幽默风趣、乐观向上、豁达大度、勤劳勇敢、刚毅坚韧的万荣人，立足传统72枭(zeng)故事，在改革开放和社会发展的进程中，不断挖掘、整理、编撰、演绎而形成的新时代的笑话系列。

"万荣笑话"的产生不仅与底蕴厚重的万荣文化有关，也与万荣人不服输、敢为人先的特殊性格以及万荣的自然环境有关。"万荣笑话"是万荣人民集体智慧的结晶，是集体创作的民间文学。

近年来，随着"万荣笑话"的广泛传播，人们对"她"喜爱有加，"她"可以称得上"中国式幽默"，也可谓"东方笑典"。2006年，"万荣笑话"以极高的民众投票率被评为运城十大名片之一。2008年被评为全国非物质文化遗产。

万荣县委、县政府把"万荣笑话"的开发列入全县经济发展战略，作为文化强县的重头戏，围绕建设"中华笑城"的总体思路，努力创造，大胆创新，开发了图书、光盘、手帕、扑克、连环画、笑话笔等系列产品，还推出了万荣笑话电视系列剧、舞台剧。特别是以八龙文化传媒公司为代表的文化产业公司的兴起，使万荣笑话由民间口头文学发展成为笑话文化产业，各种笑话产品成为时尚的文化礼品，被人们所青睐。

由于科技的发展和生活节奏的加快，现代人进入了"读图时代"。读图成为一种时尚，成为一种需求，成为一种快餐文化。图像社会或者说视觉文化时代已经来临。如何用图文形式传播"万荣笑话"？带着这个思考，万荣县八龙文化传媒有限公司请回了他们团队的顾问、中国著名漫画家许小铭先生。创作了这套《金版万荣图文笑话》。

许小铭不是一般人。用万荣话说，他是一个大能人。当年在部队当文艺兵时，就被解放军报誉为"万军丛中一神童"，后任报社美术编辑30余年。共发表美术作品近万幅，文章千余篇。1986年漫画作品《心往一处想》获"扬子杯"大赛一等奖，1987年漫画作品《三顾茅庐》获辽宁青年杂志特等奖，1989年漫画作品《无题》获日本读卖新闻国际漫画大赛一等奖，1991年漫画作品《能源》获法国巴黎国际漫画大赛三等奖等。有40余幅作品在海内外国际展览中获奖，还有许多国画作品被海内外美术馆及个人收藏。中央电视台多次对他作过专题报道，《人民日报》等全国100多家新闻媒体介绍了他的事迹和作品。由著名作家路遥为许小铭先生撰写的文章发表于《中国报刊报》、《人民日报》海外版等。许小铭先生的大名已经载入《美术辞林》、《世界漫画知识辞典》、《中国当代名人录》、《中国美术家录》。

许小铭先生性格开朗、直爽、聪敏、幽默、且有极好的悟性，画笔到了他的手里也格外的自由，任其在纸上吟诵、歌唱、舞蹈、奔跑。许小铭的漫画不循规蹈矩，他时常拿出他那独特怪招，使人大惊不已。他写的文章笔法幽默，妙语连篇，而且善用百姓语言，读者朗朗上口，引得人们一看前头，便爱不释手，许多报纸开辟专栏，请他画过之后，再配之侃侃"怪语"，奇人奇画奇文，让人一饱眼福。

许小铭是地地道道的万荣人，他熟悉家乡的一山一水、一草一木，他熟悉家乡的风土人情，民风民俗。如今，已届华甲之年的许小铭一谈起儿时的生活，便兴致昂然，情随意迁。也正由此，他笔下的万荣人物、万荣生活场景才体现的那样自然逼真，那样生动形象。墙上的一串辣椒、地下的一只小猫、房檐的几根椽头，屋后的一片菜地……让我们倍感亲切和惜爱。更为难得的是，他做画无论大小、繁简，用笔一丝不苟，笔笔求精，并善用意到笔不到，虚中见实的技法。看是寥寥几笔，便将人物的动态画的十分生动，神态表现的格外明显。这与他平日的细心观察，不断积累分不开，也是他广采薄收、精益求精的必然结果。

漫画不同于一般绘画，在刻画形象时，强调"以形写神"和笔墨的简练，不计较摹写的绝对真实和繁复华丽的风格。讲求以寥寥数笔，勾勒人生百态，变幻无穷、意境悠远。赏读许小铭的每一幅作品，你总有一种笔法简练而意义深远之感，你也必须承认，他的作品里透出了作者藏在骨子里的对生活的真善美与假丑恶的理解。

愿这套"怀胎十月"的《金版万荣图文笑话》人见人爱！

万荣笑话协会主席：薛秀武
万荣笑话协会副主席：李延玉

2012年6月10日

傳奇畫家 許小铭
XU XIAOMING
Chuanqihuajia

————————— 维元

  他有很多头衔，记者、漫画家、摄影家、国家一级画家、梅花王子等等。

  20世纪60年代他在部队时，因为画伟人像被誉为"万军丛中一神童"；70年代在电影队画幻灯全省挂了号；80年代漫画作品铺天盖地，誉满全国；90年代搞摄影，几乎"垄断"了山西所有的杂志封面；从20世纪末开始，他又涉足国画，巨幅的山水、精细的工笔、浓墨淡香的梅花，他无所不能，无所不精。

  他很狂傲，他说"画画的时候我就是神仙，我可以要山得山，要江得江。"

  他很朴素，他常说"我是个农民娃，我走到哪都是个万荣人。"

  他很超脱，他说："要做一个大写的人，必须具备一颗宽容的心。"他是何许人也？他便是大名鼎鼎的许小铭。

  许小铭祖籍山西省万荣县裴庄乡西范村，出生在该县里望乡西张村的一户普通农家，自幼就喜欢涂涂画画，是油漆师傅跟前的常客。家人为了让他学画画，就让他拜了个油漆师傅为师，虽然没有学到多少知识，但他就此踏上了艺术之路。

  1967年，乡镇招考通讯员，许小铭因为一手漂亮的钢笔字赢得了领导的赏识。1968年海军征收新兵时，进入部队。在海军部队的8年，许小铭画了8年的伟人像，部队成千上万的宣传海报，大大小小的伟人画像，几乎都出自他一人之手，他也因此成了部队小有名气的"大画家"，解放军报还以"万军丛中一神童"为题，对他自学成才的事迹进行了报道。在部队期间，许小铭还放过电影，画过幻灯，做过演奏伴音，当过临时演员，怀着对祖国的无限热爱之情，许小铭度过了他8年的海军生涯。

  1975年，他从部队回到地方后，被分配到侯马纺织厂工作。期间，因为报纸上的一张漫画作品，使他又对漫画产生了浓厚的兴趣，从此便一发不可收拾。因为在报纸上发表许多漫画作品，不久便调到《临汾日报》任美术编辑，后又调到《山西青年社》工作，主管三刊一报的美术创作。为了进一步为时代的主旋律伴奏，他更是手不离笔、笔不离纸，走到哪画到哪。在工厂、在农村、在机关、在街头，画山、画水、画人、画物，三晋大地无处不是他的画坛。他的作品在全国各大报刊每每见报，成为全国漫画界发表作品最多的"满天飞"之一。

　　他的漫画技艺精炼，举笔似飞，用他那双敏锐的眼睛一瞄，三笔五笔就是一副精妙绝伦的漫画人像。名人名士，党政要员，影视名星，工人农民，找上门求画者门庭若市。画者自得其乐，求者广识其闻。1993年，山西省两会一节期间，他被邀在迎泽公园现场表现，求购者里三层外三层，包围的密不透风。

　　思想触角敏锐，这是小铭漫画作品的一个突出特点。他的作品大都取材于现实生活，无论是政治题材还是风土人情，都是他对人生、对社会爱的倾泻。他的题材广泛，思路不凡，各个阶层，各行各业的人从他的作品中都能找到自己的影子。他的画以真挚的感情，积极的思想为时代的主旋律讴歌，生动的记录、善意的批评了人民生活的各个侧面。使人们不仅得到愉悦而且受到启迪。所以群众常为他针砭时弊的作品拍案叫绝，也为他作品的诙谐幽默而喷饭。

　　许小铭在艺术追求上是刻苦的，靠着扎实的绘画底功，他不畏艰辛，克服重重困难，用顽强的毅力，不断地进行勤奋刻苦的探索。从一个工厂的宣传干事，成为全国知名的漫画家。更为难得的是，他做画无论大小、繁简，用笔一丝不苟，笔笔求精，并善用意到笔，虚中见实的技法。看是寥寥几笔，便将人物的动态画得十分生动，神态表现的格外明显。他创作的《东方巾帼百图》巨幅漫画长达20余米，画中的人物神采非凡，百人百貌，百人百态，就连服饰、发型、职业、眼神、手势也百人各异。这与他平日的细心观察，不断积累分不开，也是他广采薄收、精益求精的必然结果。

　　2000年以后，随着万荣笑话的开发大潮，作为"万荣娃"的许小铭又积极的参与了万荣笑话的创作和编绘工作。绘制了全国第一本漫画挂历，同时也是全国第一本万荣笑话挂历。在宣传万荣笑话的同时，也介绍了优质的万荣苹果。首次印刷一万册被一抢而光，后又增印了5000份也很快销售一空。紧接着，他又为万荣笑话扑克、万荣笑话手绢、《三嘎的故事》和笑话台历绘制了精美的漫画插图，并出版发行了彩色插图的《万荣笑话精选》一、二卷，在万荣笑话书籍的出版史上又有了一个新的突破。

之后，许小铭先生又为山西华康药业股份有限公司绘制了笑话挂历、笑话卡片、健康笑话书籍，给万荣政协出版的《万荣笑话库》画了插图，提供了笑话文字资料。还免费给《万荣人》报提供了近百幅漫画作品，在山西许多报刊上发表了无数图文并茂的万荣笑话段子。他用漫画，为万荣笑话的传播打开了一扇门。并且接受了中央电视台7台、4台和山西电视台的多次采访……他通过各种形式和渠道，千方百计地把万荣笑话传播到省内外，笑遍了全国，有效地提高了万荣的知名度。为拓宽万荣笑话的发展领域，丰富"中华笑城"的深刻内涵，作出了卓越的贡献。近年来，万荣笑话走出了娘子关，得到了广大读者的认可，赢得了一系列耀眼的桂冠，和许小铭先生不计报酬的无私奉献分不开，其中凝结着他的许多聪明才智和精湛技艺。

此外，许小铭还应邀到临汾乡宁为当地"结义庙"创作大型壁画；2007年~2008年，许小铭又应安泽县政府之邀，为安泽新落成的荀子文化园创作巨幅壁画《后圣荀子》。为了了解荀子的生平，单是学习相关历史，许小铭就用了半年多时间，他白天画壁画，晚上创作草稿，利用空闲研究《史记》，对春秋七国的文化、社会、经济、服饰等有了细致深刻的认识和了解，其创作的大型史诗壁画《稷下学宫图》受到了书画界和学术界的共同赞誉。

钟情梅花，用浓墨淡彩书写性情人生外表白净，身材细瘦的许小铭，骨子里却透着一股万荣人"争强好胜"的精神。1993年，他搞三维动画去北京荣宝斋购买颜料时，简直被王成喜先生的梅花作品摄去了魂。他在作品前久久伫立，细细品味，惊喜赞叹不已。惋惜没有早些见到这些艺术佳品，真巧，被誉为"中国梅花王"的王成喜先生来了，看着这位求知如渴的学生，王成喜喜从心来。他将西洋画的写真与中国画的写意在绘画时的应用技巧，向小铭做了简明扼要的传授，小铭茅塞顿开，并得到了老师赠送的大型画册《百梅辑》，决心重操旧业——学国画，拜师学梅。返晋后，他把全部的精力都放在学习画梅上。一次寒风习习，雪花飘飘，他为了画好树枝的写生，在迎泽公园一画就是几个小时。由于腿脚长时间不活动，想拔腿走时，鞋、袜和脚被雪冻在了一起，脚已麻木的失去知觉。但他心里却是热乎乎、美滋滋的，因为他确信自己渐渐悟到了梅花的骨气和刚毅。为了从大自然中汲取营养，他去南京，奔武汉、上杭州、下昆明。为了一朵花，一只鸟、一个构图，他经常在灯下几十遍、上百遍的揣摩练习，还到处求教，从不满足。在传统技法的基础上，他努力把西画的透视、明暗、空间、质感等表现方法融入中国画的笔墨趣味中，以追求形神兼备的艺术效果，形成了他鲜明生动、雅俗共赏的艺术风格。尽管他所画的梅花这个题材，是古今上千个名家所经常画的题材，然而你从他的画面上看那苍劲的枝干、刚劲的新枝、充满活力的花朵以及技法的熟练和意境的深邃等，在他的创作中都迈向了一个新的高度。不仅与众迥异，别开生面，而且气息洋溢，生机盎然，在我国梅花史上步入了一个新的阶段。小铭从自学开始，在艺术的苗圃里辛勤耕耘，从而得到今天的收获，凝结着他多少执著和追求的艰辛啊！

"生活上知足常乐，事业上自强不息。"这是小铭的座右铭，学习上的永不满足更是他的追求。近来，他又向南韩美术大师学习新派山水画法，巧妙地运用水粉画笔绘成了一幅又一幅万紫千红、五彩缤纷的西洋山水，一时间画坛同仁和许多观众有口皆碑，不约而同地称道："怪才，鬼才！"

梅花香自苦寒来，许小铭走上了成功的道路。至今，他已在全国及海内外各大报刊发表美术作品近万幅，文章千余篇，照片1000余张，出版了美术画册30本，其中有40余幅美术作品在国内外美术展览中获奖，还有许多作品被海内外美术馆收藏。他创作的不少巨幅国画悬挂在省、市、县各级政府机关的会议室。他的名字已载入《世界漫画知识辞典》、《中国当代名人录》、《山西文学艺术界名人录》等。中央电视台、《人民日报海外版》、《新闻出版报》、《经济日报》、《山西日报》、山西电视台、黄河电视台、《贵州日报》、《烟台日报》、《重庆晚报》等全国70多家新闻媒体介绍他的事迹和作品。他现在是中国美术家协会会员，国家一级画家、中国文艺家协会会员、中国漫画艺委会会员、中国摄影家协会会员、山西漫画协会理事等。

许小铭先生常说："我喜欢梅花，喜欢她愈挫愈奋、坚毅不拔的奋斗精神，喜欢她朴实、俏不争春的品格，喜欢她洁骨不受尘的高洁、雅逸，喜欢她凌风傲霜踏雪来，不尽生机布新香的风骨。"先生不正如梅花一样吗！

封面题字：王有政简介

1941年5月生于山西万荣县。

1964年毕业于西安美术学院附中。

1969年毕业于西安美术学院国画系人物画专业。曾任陕西省群众艺术馆美术创作员。现为中国美协会员，陕西省美协常务理事。国家一级美术师，享受国务院特殊津贴的专家。陕西国画院创作研究室主任。

1979年作品《悄悄话》获第五届全国美展二等奖。

1984年作品《捏扁食》获第六届全国美展铜牌奖，作品《翠翠莉莉和姣姣》获第六届全国美展优秀作品奖。

1989年作品《倦旅图》获第七届全国美展铜牌奖。

1994年《母亲我心中的佛》获第八届全国美展优秀作品奖。

1999年《读》获第九届全国美展铜牌奖。六件作品被中国美术馆收藏。

陕西人民美术出版社出版了《王有政画集》、《中国名家作品精选――王有政》。

历时四年与杨光利合作的作品《纺线线――延安大生产运动》，于2009年8月6日正式通过国家重大历史题材美术创作工程艺委会终审。为陕西艺术界赢得了荣誉，也为新中国六十华诞献上了一份厚礼。

目录 Contents

1	----------	咱们村来新人了
2	----------	难看的冬瓜
3	----------	巧改警示牌
4	----------	一对犟死驴
5	----------	发现新硬件
6	----------	看电视
7	----------	永娃和牛
8	----------	不值钱的头衔
9	----------	钥匙和锁的哲学
10	----------	急中生智
11	----------	你把裤子脱下来
12	----------	吃了个屁
13	----------	不要嚷嚷
14	----------	得不偿失
15	----------	脱裤儿
16	----------	搞定了
17	----------	偷　情
18	----------	四层楼
19	----------	用什么喂猪
20	----------	接电话
21	----------	爱嫁谁嫁谁
22	----------	说明书
23	----------	没有那么聪明的毛驴
24	----------	水土不服
25	----------	小蜜
26	----------	拒绝和狗睡觉
27	----------	连环套
28	----------	走错门
29	----------	网络无处不在
30	----------	防耳膜故障
31	----------	抄近路
32	----------	酒鬼
33	----------	超车
34	----------	公交IC卡
35	----------	差不多
36	----------	到农民街下车
37	----------	等警察
38	----------	挤牛奶
39	----------	那桌是人养的
40	----------	串位了
41	----------	床上的战斗
42	----------	那是我爸
43	----------	母猪肉
44	----------	唱着说
45	----------	撺她做啥
46	----------	藏钥匙
47	----------	叫我好找
48	----------	贤内助
49	----------	朱老爷
50	----------	谁更毒
51	----------	上厕所
52	----------	你老婆今天在家吗
53	----------	唱歌
54	----------	占了大便宜
55	----------	门铃不响
56	----------	宁可挨打
57	----------	还是我去吧
58	----------	对不起
59	----------	检查身体
60	----------	一根火柴
61	----------	拉行李不要钱
62	----------	难受
63	----------	一份菜钱
64	----------	自夸
65	----------	说大话
66	----------	怕麻雀听见
67	----------	王婶存款
68	----------	闷蛋卖药
69	----------	贞节牌坊
70	----------	断弦

71	----------	赛半仙
72	----------	恋爱者的心愿
73	----------	您跑错方向了
74	----------	鬼火
75	----------	屎在嘴边
76	----------	心往一处想
77	----------	急性子
78	----------	意思
79	----------	谁家的娃呢
80	----------	不值钱的东西
81	----------	叫他妈妈担心
82	----------	玉米都是喂猪的
83	----------	吃饭的
84	----------	寒流同志
85	----------	洗肉
86	----------	如此赔礼
87	----------	问个路咋就这么难
88	----------	好鼻子
89	----------	以后唱歌自己起头
90	----------	虚荣心
91	----------	不见得
92	----------	是公的
93	----------	一时失手
94	----------	贺年片
95	----------	又睡不着了
96	----------	洗澡
97	----------	会议记录
98	----------	将心比心
99	----------	读信
100	----------	热心的病友
101	----------	汽车配牛
102	----------	服务热线
103	----------	火燎毛钓鱼
104	----------	等交警
105	----------	天才作报告
106	----------	北京警察就是好
107	----------	出门留言
108	----------	聪明的小狗
109	----------	不是因为笨
110	----------	专家的幽默
111	----------	领导讲话
112	----------	针锋相对
113	----------	骑错地方
114	----------	没啥知识
115	----------	尝出来了
116	----------	哭笑不得
117	----------	吃袜子
118	----------	打赌
119	----------	报火警
120	----------	取消婚姻
121	----------	姓名登记
122	----------	傻瓜
123	----------	赠送"令尊"
124	----------	发明
125	----------	小偷的报复
126	----------	打臭虫
127	----------	习惯了
128	----------	卡门
129	----------	出点子
130	----------	吃醋
131	----------	婚前检查
132	----------	装灯泡
133	----------	吃饭奇遇
134	----------	比赛
135	----------	墙上的洞
136	----------	假眼
137	----------	卫生巾
138	----------	出国感想
139	----------	没来过汽车
140	----------	背后骂人
141	----------	可怜的新自行车
142	----------	证据
143	----------	不要随便换地方
144	----------	同行是冤家
145	----------	原来如此
146	----------	固定工作
147	----------	情侣动作
148	----------	干馍片
149	----------	药量过重
150	----------	互换角色

咱们村来新人了

狗锁在村里当了几年大队书记,他特别好色。退休之后,他娃继位,亦好色,害女无数。但每每事毕回家,狗锁用鼻子闻闻其手,必能猜出是谁家谁家的女儿或媳妇。他娃甚是惊奇。一天,娃外出办事路过村边,见一母牛,用手在牛屁股上蹭了一下。回到家里,狗锁照例拿起手闻之。闻后大奇:"怎么,咱们村来新人了,我怎么不知道?"

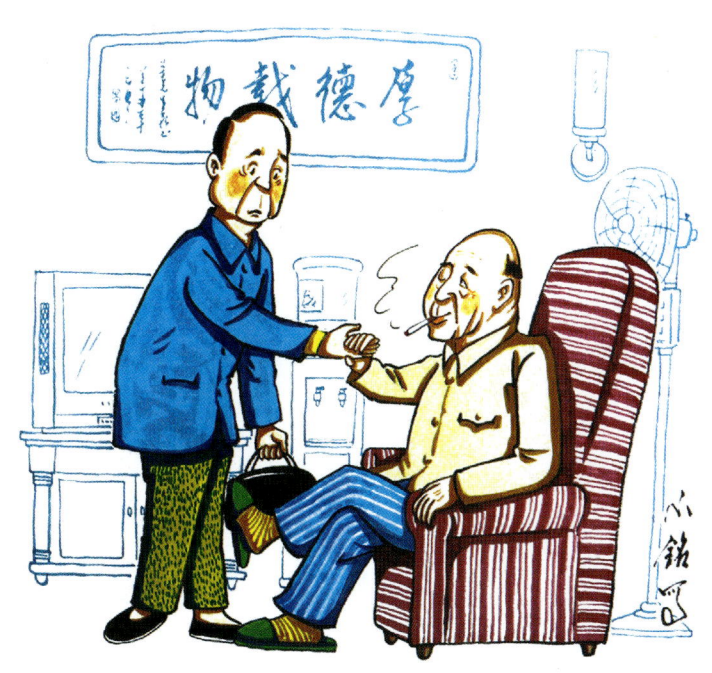

难看的冬瓜

小马夫妇来大刘家做客,很快,大刘老婆就和小马媳妇聊上了,一会儿购物心得,一会儿聊美容绝招,听得大刘和小马一愣一愣的。

过了一会儿小马媳妇突然朝大刘老婆叹了口气说:"我对自己的身材挺满意的,就是……就是头型不好看,有点像冬瓜。"

大刘老婆忙打量了一下说:"哪里?我看不像,挺好的。"

小马也说:"我看也不像。"

大刘老婆一听便对小马媳妇说:"瞧,你们家小马也说不像。"

这时,小马又说了句:"世界上哪有她那么难看的冬瓜啊!"

巧改警示牌

焕娃家院墙外面的小胡同里经常有人大小便，弄得很脏，特别是到了夏天，更是臭气熏天。焕娃便立了一个警示牌，上面写着"过路人等不得在此大小便"。

一天，牛村的晋娃走到这里"内急"了，看到警示牌又不好造次，于是灵机一动，拿出笔在牌子上加了标点，改成了"过路人，等不得，在此大小便"。晋娃就以"等不得"为由，在此理直气壮地解决了燃眉之急。

一对犟死驴

望村的经娃和志换是一对地地道道的犟死驴。两个人经常为了一件小事争得面红耳赤。这一天，他们两个在巷口又碰了面。

经娃说"拿铁锤锤蛋锤不破，你信不信？。"

志换说："锤得破！"

经娃说："锤不破！"

志换不服气，拿来一个鸡蛋，用锤使劲打下去，鸡蛋碎了。志换斜了经娃一眼："这不是破了吗？"

经娃哈哈大笑。

志换莫名其妙。

只听经娃拿着锤子瞅了瞅，说："蛋是破了，可我说的是锤不破呀！"

发现新硬件

童娃在县技校学了几年电脑维修,提起他的技术和人品,人们都竖大拇指:好娃。他就是有一个坏毛病——爱随地吐痰。

一次,他给客户修理电脑时,一口痰吐到了主机箱里,结果电脑弹出——发现新硬件!

看 电 视

前些年，小明回到老家探亲，邻居张二婶离老远就叫喊："好娃哩，你可回来啦。赶紧走我家里看看我那个电视。"小明莫名其妙地问："电视咋里麽？"张二婶说："电视里一个警察在抓一群小偷，小偷都人高马大，有的还是全身乌黑。警察让小偷们跪下，小偷们怕警察手里的枪，一个个都半蹲半跪。警察开枪了，小偷们吓得拼命跑，一个都没打着。路上拦了根绳子，想拦住小偷，没用，小偷全冲过去了。边上许多人在看，也不知道帮忙抓，只是急得大叫。 唉！"

那个时候农户人家刚装电视，小明想：是不是她不会调台的缘故呢。进了家一打开电视，正好在播奥运会百米赛跑实况。二婶说："看、看、看，就是这！"小明差一点没有笑晕在她屋里。

永娃和牛

日本人在的时候，驻守在荣河县的鬼子经常到村里骚扰。

有一天，永娃带着他的母牛和新生的小牛准备到地里犁地。可是不幸在路上被一群鬼子遇上了，鬼子把永娃打了一顿后，脱光了他的衣服，把他绑在一棵树上并且把母牛带走了，留下那只小牛。直到晚上，永娃老婆才找到永娃，给他松了绑。永娃跳起来马上拣起地上的鞭子拼命打那只小牛。永娃老婆说你疯啦，永娃说：这半天来我不断跟这狗日的说，我不是你妈妈，我不是你妈妈……竟然还是吸个不停……

不值钱的头衔

雷童被提拔为饭店的副总经理,为此他激动的在妻子面前接连炫耀了好几个星期。

妻子终于受不了了,就对他说:"听着,这头衔根本算不了什么,现在这年月,就连厕所都有个副总经理!"

"真的吗?"雷童说。为了验证妻子说的是否属实,他决定打电话给一家公共厕所,看妻子是不是说笑,拿他新头衔开涮。

电话通了,一位老太太接起电话,雷童说:"请帮我找副总经理好吗?"老太太问:"你找的是男厕所的副总经理,还是女厕所的副总经理呢?"

钥匙和锁的哲学

在技师学院，孟梦和曹刚正在热恋。

夏天的晚上，两个人坐在公园里，天文地理的聊了好半天。忽然，孟梦不解地问曹刚："为什么你们男人有很多女朋友会被人羡慕，而女人有很多男友会被鄙视？！"

曹刚语重心长地说："这就好像是一把钥匙可以开很多锁，会被人称做是万能钥匙！而一把锁若是可以被很多钥匙打开，那就说明锁有质量问题！"

急中生智

晓萌回到老家,村里流传着齐娃妈智斗小偷的故事,听了以后不仅叫人肃然起敬。那还是齐娃妈在运城给齐娃看孩子的时候,有一天齐娃妈正要上公交车,被一名小偷从后面扯下了她脖子上的金链子。那小偷得逞后立刻跑走,老太太这时候说:"哎呀,假的都有人偷啊。"

小偷听到后,骂了一句:"我靠。"然后就把金链子丢了。

老太太等小偷跑远后,立刻把金链子捡回,说:"老娘还会戴假货吗,小兔崽子竟然敢和我玩!?"

你把裤子脱下来

一个外地的果商,在去永和的路边小饭店喝酒吃饭,旁边有一个3岁小女孩很可爱,果商就去逗她:"小妹妹,我陪你玩好吗?"

小女孩看了他一眼说:"不好,妈妈说过小姑娘要和小姑娘一起玩的。"

外地的果商不死心,又说:"我也是女的呀,你和我玩吧。"

小姑娘来了句实属经典的话,她说:"我不信!你把裤子脱下来让我看看!"

吃了个屁

万荣人好客，李家坡的李二嫂更是个热心肠，人品好，饭做得香。就是说话信口开河，嘴上没有个把门的。

有一次，某领导下乡来到李家坡，晚上，二嫂做了许多可口的饭菜，领导吃饱了，二嫂却认为他吃得太少，不停地说："再吃些，再吃些！"领导说："饱了，饱了，我真的吃饱了。"二嫂说："哎，你客气求哩，看这盘子里的菜还多里，那你吃了个屁！"

不要嚷嚷

假日里几个好朋友相约，去孤峰山看日出。

大伙爬到山顶，眼明手快的尤小花指着树梢说："哇，我看见了。圆圆的大大的，太好看了！"其他几个朋友也争先恐后地说看见了。这时树后有人提着裤子走出来："看见就看见，嚷嚷什么？！"

得不偿失

卫德喜拉了几捆葱去县城赶集，回家以后满脸的不高兴，妻子关心地问："你遇到不顺心的事了吗?是葱没有卖了好价钱吧。"

德喜说："不是，是回来的时候我在公共汽车上拾到200元钱。"

"是吗？那应该高兴啊！"

"高兴个屁！"德喜头也没抬："另一个乘客也看见了,我和他平分了……"

妻子："平分就平分，反正咱还是白捡了100块，呵呵。"

"根本不是那回事，"德喜："下了车,我才发现那200元其实是我自己丢的。"

脱裤儿

老婆给闷蛋交代说:"咱今个晌午吃菜卷,我去买点粉条来,你在家里先给咱摘点韭菜。"临出门,又叮咛说:"别毛毛糙糙的,把'裤儿'脱净。"

老婆走后,闷蛋看着韭菜,说:"我说韭菜呀韭菜,我现在才懂得,吃一回你还真难,择就择吧,为啥还得脱裤子?哎——真是的!"他嘟嘟囔囔地把门拴了,裤子脱掉,背向着门,坐在小凳上,把两条腿压紧,羞答答地摘起韭菜来。

老婆买粉条回来,见门关得很紧,挺奇怪,从门缝里一看,吓了一大跳,忙叫闷蛋开了门,问:"大白天,你光屁股露腚的,这是出啥洋相哩?"闷蛋满腹牢骚地说:"还问哩,不是你让我把裤儿脱净吗?"

老婆一听,直笑得前仰后合,眼花打闪,美美地戳了他一指头说:"你呀,怪不得人说你闷,我是叫你把韭菜根下那层老皮脱掉,谁叫你把自己的裤子脱掉哩?还不赶紧穿上?"

搞定了

王局长被人请出去喝酒,说好了酒后去一家歌厅找小姐"乐一乐"。但那天晚上王局长的酒喝多了,大家只好放弃原来的计划,把王局长搀回家。老婆把他扶上床躺下,然后自己也睡了。

半个小时以后,王局长的老婆突然被一阵电话铃声惊醒,拿起电话一听,却是丈夫的声音:"我要晚……晚回……回去一会,……还要开个会……"

王局长的老婆这才发现丈夫不在床上。下地一看,见丈夫正在洗脸间拿着手机,一看见她就说:"亲爱的,你先睡……睡吧!家里我已……已经搞……搞定了…"

偷　　情

官娃和玉玉结婚两年以后,有了个非常漂亮的女儿,但是他们一直向往着再生个儿子。

他们终于决定做最后的尝试,经过几个月的努力,皇天不负苦心人,玉玉怀孕了,九个月之后,生下了一个健康的小男孩。官娃高兴地冲到育婴室看他的宝贝儿子,不看不知道,一看吓一跳。他的儿子竟然是他生平所见最丑的婴儿。

他想:我绝对不可能是这个婴儿的父亲!于是,他转脸凶狠地质问玉玉:"你是不是背着我偷男人?"

玉玉很甜蜜地对他笑着说:"亲爱的,这一次没有。"

四层楼

有三个老同学,有好几年没见了,一天在饭店相聚。酒过三巡,张同学忍不住炫耀自己的住所,他说:"我去年盖了个小二层,住着很美。"

李同学也不甘示弱,说:"我盖了个三层,住着美得很。"

万荣的景伟父母都在农村,前几年为了供他上学,老两口省吃俭用,家里只有四间平房,没什么可炫耀的,他急中生智,说:"我家里有个四层楼,横着的,住着踏实。"

用什么喂猪

东范村的范老汉是个养猪专业户。

一天有个人问他:"你用什么喂猪?""用吃剩的东西和不要的菜叶子。"范老汉回答。

那人道:"这样说来,我该罚你。,我是大众健康视察员,你用营养欠好的东西去喂供大众吃的动物是违法的。罚金1万元。"

过了不久,另一个穿着整齐的人来问:"多肥大的猪啊!你喂它们什么?"

"鱼翅、鸡肝、大白馍之类。"范老汉回答。

"那么,我该罚你。"那个人说,"我是国际食品学会的视察员,世界上还有三分之一的人们在饿肚子,我不能让你用那么好的食物喂猪。罚你1万元。"

过了几个月,来了第三个人。他在猪圈外面探头问道:"你用什么喂猪?"

"老弟,"范老汉回答,"现在我每天给每头猪发10元钱,它们想吃什么,就自己买什么。"

接电话

那天，德娃和新婚的妻子躺在沙发上看笑星大联盟，一直在笑。突然电话响了，德娃不想接，但它一直响。

他无奈去接："喂！谁啊！？"

电话那头传来："我是你妈！"

德娃一听马上火冒三丈："我是你爸！"

如此反复几次后，德娃终于忍无可忍，大声吼道："我是你爷爷！"

半个小时以后，他丈母娘举着手机敲开门："女婿，我是你妈……"

爱嫁谁嫁谁

黄文威在太原上大学时,和一个大同的女同学谈恋爱。女孩子海誓山盟,非他不嫁。大学生毕业后两个人分隔两地,不到半年他的女友就转投一款爷怀抱,两人婚礼上,黄文威捎来一副对联。

上联:愿天下有钱人结成眷属
下联:全世界无产者联合起来
横批:爱嫁谁嫁谁

说明书

一个媒人想撮合一个商人和一个美女的婚事。

可是这位商人很精刁,他说:"我买东西之前总是先看样品。"

"我的天,怎么把这种事向小姐开口呐?"介绍人说。

商人说:"我是在做生意,要么照我的做,要么拉倒。"

介绍人于是向美女说:"我介绍的男人很不错,也有钱,可是他是个做生意的,不想冒风险,所以他要看'样品'。"

"听着。"那美女说:"我做生意也不比他差,我不会给他看样品,只会给他看说明书。"

没有那么聪明的毛驴

故事发生在20世纪60年代。

赵婶在磨房里套着一头毛驴在磨面，毛驴的脖子上头挂着一串铃铛。一个城里人问她："你为何要在毛驴的脖子上挂一串铃铛呢？"

赵婶回答："我打瞌睡的时候，毛驴常常会偷懒，挂上铃铛以后，如果铃铛不响了，我就知道这个畜生又在偷懒了。"

城里人想了一下，又问："如果毛驴停在原地不动，只是摇头，你又能听到铃声，它又没有干活，那怎么办呢？"

赵婶愣了一下，说："先生，我们生产队哪能有像您这样聪明的毛驴啊！"

水土不服

　　临荣进城办事,在亲戚家小住几日,亲戚家住在7楼。一天晚上,临荣老汉回来,楼道里一片漆黑,这个时候刚好有一个人上楼,只听见那人咳嗽了一声,楼道的灯就亮了,他很是惊讶,也咳嗽了一声,灯果然也亮了。他心里嘀咕:城里的路灯也这么先进,听见咳嗽就能亮。于是,他就买了许多灯泡带回了家。

　　回家后,他换上新灯泡,站在灯底下咳嗽了好半天,电灯没有一点反应,把临荣气得直蹦高高。媳妇过来劝他说:"不要生气,可能是城里的灯泡到了咱村水土不服。"

小 蜜

一位大老板引着一个打扮得花枝招展的女人到金店里买戒指,挑了大半天,好不容易才选中了两只最喜欢的。在这两只戒指之间,一只标价1万元,而另一只则标价5万元。店主想把贵的那只戒指卖给他们,于是就对着女人的耳朵小声说:"买这只贵的吧,如果你不花掉五万元,他就会把钱花在他的小蜜身上。"那位女人听了之后,勃然大怒地说:"废话,我就是他的那个亲爱的!"

拒绝和狗睡觉

耿刚和韵华结婚没有一年,小两口老是因为一些鸡毛蒜皮的小事情争吵不休。

一天,夫妻两人吵架后各居一室,谁也不理谁。一星期后韵华实在忍不住了,在纸条上写了一句话:亲爱的,今晚我要跟你一起睡。然后让她家里的小狗把纸条递给丈夫。

不一会儿狗叼来另一张纸条,韵华打开一看,只见上面写着:我拒绝和狗睡觉。

连环套

花花下了夜班，回家的路上发现一男子尾随，妄想图谋不轨。花花惧怕，路过坟地，灵机一动对着坟墓说："爸爸我回来了，开门啊！"男子大惊失色，撒腿就跑。

花花心安，正要离去，忽然坟墓中传来森阴阴的声音："闺女，你又忘带钥匙了。"花花惊骇，也奔逃而去。

从坟墓里钻出个盗墓的说："耽误我工作，吓死你！"盗墓的话音刚落，就发现旁边有个老头正拿着凿子刻墓碑，好奇，问之，老头愤怒地说："他们把我的名字刻错了。"盗墓的大惧，飞奔而去。

老头冷笑一声："敢和我抢生意，你还嫩点儿……"正说着，一不小心凿子掉在地上，老头正要拾，一弯腰，发现凿子被握在从草丛里伸出的一只手里，老头正吃惊，一个声音说："你找死呀，乱改我家的门牌号！"老头吓得屁滚尿流，滚下山坡。

这时，一个拾荒者从草丛里爬出来："哎，这年头捡一块废铁也得费这么大的劲！"

走 错 门

报社的吴甲今天喜迁新居,好几个朋友给他搬家。小张走进小吴家,抱起电视机就走,一位老奶奶从门外进来喊道:"你抢劫啊?快放下,不然我报警!"

小张说:"是小吴让我帮他搬家的。"老奶奶说:"你走错门了,这不是小吴家。你这么年轻就得了健忘症?!"

小张红着脸把电视机放回了原处,连声说:"大娘,对不起,对不起。"在他转身正要走的一刹那,突然老奶奶喊:"小伙子,把电视机搬走吧,是我走错门了。"

网络无处不在

泉娃赌气离家出走两年,一点音讯也没有。他走后不久就有传言说,他从货运车上掉下来摔死了,他父母虽然半信半疑,但四处寻找无果后还是痛苦不已。

其实泉娃并没有死,而是流浪到甘肃打工。最近他想通了,便给家里打了电话。电话是他妈接的,听到儿子的声音后,老太太颤抖着问:"儿子,你还活着?现在到底在哪里?"

泉娃说:"妈,看你说的,我现在就在酒泉呀!"

他妈听着更害怕了,于是问:"九泉?我的儿啊,九泉下面也有电话,啥时联网的?"

防耳膜故障

县里组织农民企业家在运城坐飞机去上海旅游。凡娃第一次坐飞机，登机后，空姐便给他递来口香糖。

"小姐，这是干什么？"他问道。

"防止耳膜在飞机上升时膨胀用的。"空姐告诉他。

飞机到达上海机场后，凡娃走到空姐身边。

"这真是个好办法。"凡娃说："不过还得麻烦您一下。"

"什么事？我愿意为您服务。"

"请告诉我，怎么才能把口香糖从耳朵里取出来？"

抄 近 路

张三娃出门的时候，都是从李二蛋的地里走，时间久了就踩出了一条小路。李二蛋很生气，就在地边刨了一条沟。正好张三娃走过来，看到刨沟的二蛋，就说："奇怪、奇怪，谁家的狗吃饱了没事干在路边刨沟哩？"二蛋说："这还不算奇怪，还有更奇怪的呢，一个妇女生小孩从肚脐眼里往外挤哩。"张三娃听了问："这是咋回事？"李二蛋说："这熊娃爱抄近路。"

酒 鬼

夏河村的呆娃从朋友家喝酒回来，晕晕乎乎地骑上毛驴往回赶。

眼看着天色已晚，毛驴偏偏越走越慢。他心里发急，就抽打了几鞭。谁知毛驴遭了打，反而走得更慢，最后竟然站住不走了。呆娃气得火冒三丈，用鞭子不停的抽打，驴被打疼了，飞起后蹄，只管乱踢，呆娃反而"扑哧"笑了："你这家伙，浪的还美哩，不赶路也就算了，怎么还和我划起拳来了？"

超 车

一天，柴大爷骑着毛驴在马路上走着，忽然开过来一辆汽车停在他面前，原来司机认识他。司机对柴大爷说："天气这么热，我捎你一截吧。"

柴大爷欣然答应了。于是高兴地坐上了车，他的驴在车后面跑。当行驶到运稷一级公路上时，汽车以每小时80公里的速度前进。

司机给柴大爷说："我真担心你的那头驴，你看它的舌头都累的直往左伸。"

柴大爷向外看了看对司机说："没关系，继续开，我的驴要超车了。"

公交 IC 卡

这是几年前的事了,那时太原的公交车刚实行刷卡,车到站,上来一个高挑的女子,她的IC卡可能是放在牛仔裤后面的兜里,所以一上车就把屁股往刷卡机上一靠,'滴'的一声后她就进了车厢。

来城里打工的汪嫂就跟在这个女子后面,她觉得奇怪,心想:原来只要屁股往那玩意上一靠就能乘车了。于是她就使劲把屁股也往刷卡机上靠,靠了几次也没有响声,这时,司机发话了:"大嫂,你在干吗,抓紧投币上车啊。"

汪嫂说:"那个姑娘不是把屁股往这儿一靠就能乘车了吗?"呵呵,原来是这么回事,司机哭笑不得,只能跟她解释,人家姑娘用的是IC卡,但汪嫂不懂啥叫IC卡,她仍跟司机纠缠:"你这个小伙子也太不厚道了,人家漂亮姑娘跟你撅撅屁股你就让人家进了,我跟你撅了这么多次屁股,你反倒不让我进,你到底什么意思?"车厢里的人都笑了起来,司机被他弄的也下不了台,只能挥挥手让她进去。

差不多

张二狗特别怕老婆,可他在外人面前总吹牛说老婆怕他。

一天,他家来了客人。他下厨做菜,让老婆陪客人喝酒,有盘菜放的盐太多,他老婆又骂开了。张二狗怒气冲冲地掂着菜刀出来,指着他老婆:"好大的胆,你骂谁?""我骂你哩!"他老婆站起来,拿筷子敲着二狗的头,"你这龟孙子打死卖盐的啦?狠往里放!你看这个菜咸的还能吃吗?!"

二狗没想到他老婆当着客人的面仍不给他留面子,他只好说:"你骂我还差不多。要是你骂客人,我拿刀宰了你!"

到农民街下车

在西安开往万荣的长途汽车上,呆娃对乘务员说:"我到县城的农民街下车。"

乘务员说:"按规定这车不能在县城里随便停车,必须统一到汽车站才能下车。不过,老兄,我们车在农民街口把速度减慢,我把车门打开,你跳下去就是了。车虽然开得不快,可你跳下去后要跟着汽车往前跑,否则会把你卷进车轮的。"

当汽车到了农民街口时,车门打开了,呆娃跳下汽车就往前飞跑,他一直跑到了前面一辆长途汽车的门前。就在这一瞬间,车厢门打开了,另一位乘务员一下把他拖进了车厢。汽车又恢复了正常速度。这位乘务员说:"老兄,我们这趟去荣河的车,在县城的大街上是不允许停的,多亏我手疾眼快才把你拉上来!"

等警察

其荣总是喜欢开快车。有一次,他驾车急速转弯时,将一辆摩托车挂倒了,其荣急忙跳下车,跑过去一看,被撞的摩托车原来是一个老头开的。那老头已吓得面如土色,但他一见其荣走过来,就怒吼道:"怎么搞的,你差点要了我的命!""老人家,实在对不起,不要紧吧?"其荣一脸歉意,边说边扶着老头到了路边的饭店,拿出了一个瓶子递进他,"喝点吧,你会觉得好些的。"老头接过瓶子,一口气喝了几口,又喘着粗气叫道:"你几乎要了我的老命!"其荣又劝老头喝了几口。这次老头一仰脖子喝了个瓶底朝天,他抹抹嘴唇,转而笑着对其荣说:"谢谢。我现在觉得好多了。但你为什么不喝一点?""哦,我现在不想喝酒,我要在这里等警察来。"其荣答道。

挤牛奶

"文化大革命"中,一位北京学生来到黄河岸边的金鼎村插队,接受贫下中农的再教育。一天,生产队长叫他去挤牛奶,并且交给他一个凳子,亲切地问他会不会挤。插队学生说:"我是北京人,没有什么不会的。"经过1小时、2小时、3小时……都半晌午了,他终于回来了,生产队队长问:"怎么这么大功夫你才回来?"插队学生答道:"挤牛奶很容易,但是让牛坐在凳子上,特麻烦!"

那桌是人养的

稳财到北京打工,在一家小企业当办公室主任。到了年关,老板要和员工在一起会餐。企业人不很多,只摆了两桌。老板那桌上的大闸蟹是野生的,个头小;员工桌上的大闸蟹是养殖的,个头大。老板很生气,稳财忙解释:他们那桌是人养的!

串位了

三个老酒友在饭店里又喝多了,服务员把三人抬上出租车,并给司机交代说:"左边的这个你给送到北街学府小区,中间的这个你给送到金鼎小区,右边的这个你送他去汽车站。"司机说:"好,记住了。"

过了一会儿,司机急急忙忙地把车又开回来了,对服务员说:"对不起,刚才在路上急刹车,他们串位了,麻烦你再说一遍!"

床上的战斗

启山和成娃去外地出差，坐了一天的长途汽车，两个人感到又累又饿，就去饭店美美地喝了两瓶酒，然后到旅馆开了一间房，把灯熄灭后，他们便糊里糊涂地上了同一张床。

"喂，我的床上咋有一个人呢？"启山说。

"我的床上也是。"成娃也大声吼道。

"把他踢下来吧！"两个醉汉在床上开始打斗，不多久，成娃被启山踢了下来。

"你怎么啦？"被踢下来的成娃问。

"我把他踢下去啦！"在床上的启山得意洋洋地回答，"你呢？"

"我被那坏种踢下来了。"

"你真痴熊，那你就上来跟我一起睡吧！"

那是我爸

听说肖明要编笑话,许多好朋友都来给他提供笑话素材。

老张说了一个笑话故事,一旁的老李反驳道:"你就会胡煸,你说的那个笑话根本不是那,而是……"老张把头一扬:"这笑话里面的人就是我村的,我还不知道?!""你村的?"老李不服气地说"是我村的,好不好!"就这样。两个人争来争去,都说笑话发生在他村里。

肖明在一旁笑着劝道:"发生在哪里并不重要,只要笑话内容好就行。"

老张心里憋火,冒了一句:"明明就是我们村的,这事情就发生在我三叔身上,我还不清楚?"

"什么你三叔?"老李双手往腰里一叉:"给你们说实话吧,笑话里说的老痴熊就是我爸,我比谁都清楚!"

母猪肉

家里宰了一头母猪,父亲对海海说:"等会别人来买肉,你千万不要说是母猪肉,一定要记住。"

过一会儿,有人来买肉,海海就说:"快买吧,我家卖的不是母猪肉。"那人听了,心里直犯嘀咕,没买就走了。

父亲知道了,把海海狠狠地打了一顿。

一会儿又来了一个买主,他看了看肉,就说:"你这猪肉好厚的皮,是母猪肉吧?"

海海听了,就当着买主的面对父亲说:"爸,这回是人家自己认出母猪肉的,可不是我说的!"

唱着说

要说戏迷，那可要数冯村的冯喜子，他每天不仅在家里唱，去了地里还要唱，就是上厕所也要喊它几嗓子。他嘱咐妻子，平时说话不许讲白话，要唱着说。妻子说不过他，只好将就。一天喜子在自家的旱井里摇着井辘轳吊水浇菜。他一边吊水一边用假嗓子唱着《苏三起解》，妻子看见他怪声怪气的样子，不仅笑出来声，他认为是妻子夸他唱得好哩。高兴地一边摇井辘轳，一边用手比画起动作来，不小心被井辘轳打翻掉进了井里。妻子听得响动，跑到井口大声问："你怎么样？怎么样？"井下一声不吭。妻子猛的记起从前的规定，马上唱到："一见儿夫落了井，不知吉来不知凶？"这时只听井下唱到："井水喝了七八口，快叫人来救夫命！"

撵她做啥

小李为了减肥,每天坚持长跑锻炼,但路上常有些狗向她乱叫。她丈夫只好在她跑步时骑自行车尾随在后,手里拿一根木棍,以便打狗。然而路旁的五婶看见这情景,看看前面跑得满头大汗的小李,再看看手持木棍,骑着自行车的丈夫,不禁大声叫道:"好娃哩,媳妇知道错了,吓得只顾跑呢,你还没完没了的拿个棍子撵她做啥哩?"

藏　钥　匙

有一对夫妇外出旅游，回到家门后，丈夫一摸口袋，叫道："哎呀，我把大门钥匙弄丢了！"

妻子说："我就知道你们大老爷们粗心，所以，我出门时专门藏了一把。"

丈夫如释重负地舒口气道："太好了，快拿出来开门吧。"

"但我把它藏到咱屋里的抽屉了。"妻子答道。

叫我好找

上和村的丁老二记性差的不是一点。经常丢三落四，不是忘了这就是不记得那。闹出了许多笑话。

一天他带着儿子去看戏，到了戏台下面才发现忘记了拿板凳，丁老二便把儿子举起来，让儿子骑在自己的脖子上。过了一会儿，他突然想起来儿子，逢人便问："你看见我的孩子了吗？""哎，你脖子上的那个不就是吗？"有个邻居看见了大笑。丁老二一把把儿子从脖子上揪下来，狠狠打了一巴掌，骂道："混蛋，叫你别乱跑，你不好好看戏胡跑啥呢，说，你刚才跑到哪儿去了？"

贤内助

范家村的范喜娃娶了一个聪明贤惠又有文化的好媳妇,这天,喜娃要在家里招待朋友,可是搜遍口袋只有3元钱,十分尴尬。媳妇说:"没事,你不要发愁,我给咱们操办。"便拿了一元买了两只鸡蛋,一元买了些韭菜,一元买了一些豆腐渣。媳妇端出第一盘菜,是韭菜上面铺了两只蛋黄,她说:"这叫做'两个黄鹂鸣翠柳'。"又端出第二盘菜,韭菜上面有一圈蛋白,说:"这叫'一行白露上青天'。"第三盘菜是炒豆腐渣,名字叫做"窗含西岭千秋雪"。第四道菜是清汤上浮动着两个蛋壳,取名为"门泊东吴万里船"。媳妇对客人说:"我喜欢杜甫这首诗,所以做的菜肴凑上这四句话,成其文雅,请不要见笑。"客人十分高兴,夸她真是一个贤内助。

朱老爷

从前有个姓朱的财主,由于朱和"猪"同音,所以很忌讳别人叫他朱老爷。

有一次,他雇了一位新长工,就嘱咐他说:"你在我这做事,一定要严守规矩。平时要喊我'老爷',不能喊我'朱老爷';如有姓朱的客人来访,要称'本家老爷',听清了没有?"接着又说:"说话要斯文,吃饭要说'进餐',睡觉要说'就寝',县里杀人要叫'正法',有人病死了要叫'仙逝'。听明白了没有?"长工连连点头说:"老爷,我都记住了。"

过了几天,财主家里一头猪生了病,倒在院子里起不来,长工急忙跑到上房把东家请到院子里,指着倒下的肥猪说:"老爷不好了,本家老爷生了病,不肯进餐,又不肯就寝,若不马上把它正法,只好等它仙逝了。"

谁 更 毒

前些年，农村刚开始栽植苹果树，平西村的成娃带头栽了3亩苹果苗。几年后，当苹果成熟的时候，每天都有小偷来地里又吃又偷还胡糟蹋，把成娃险些气死。他决定一定要想个好法子治一治这伙贼娃子。

几天后，他终于想出一个好办法。他写了一个告示牌：警告！这些苹果中有一个注射了剧毒！

果然，从第二天开始没有再丢过一个苹果。不过一星期后，牌子上多了一行字，成娃一看当场全身就凉了半截。

牌子上写着：现在有一棵苹果树注射了剧毒！。

上厕所

从前,县城里一条街上只有一个公共厕所,每天早上人们都要跑到很远的地方排队上厕所。

这天,在百货公司上班的田娃,心急火燎地跑向公共厕所,那里早已排着长队,他只好站在最后一个。好不容易等到前面只剩下一个人了,他实在是憋不住了,就对前面的人说:"老哥,我快憋不住了,能不能让我先进去?"前面的人紧握着拳头,从牙缝儿挤出一句话:"他妈的,你至少还能说话!你不看我浑身劲都使在肛门上,都憋不住了。"

你老婆今天在家吗

王经理在街上遇见李二蛋,看见二蛋用手捂着腮帮子。

王经理问:"你怎么了?"

二蛋从牙缝里挤出来几句话:"我牙痛的要命,县医院的牙科医师偏偏去太原了,你说我怎么办?"

王经理满不在乎地说:"牙痛?小事一桩,我教你一个绝对有效的方法。记得前几天,我也是牙痛的死去活来,可是一回到家,亲了我老婆几口之后,牙马上就不痛了。"

二蛋十分惊喜:"真的?我也想试试看,你老婆今天在家吗?"

唱　　歌

欢欢带着3岁的儿子去参加一个朋友的婚礼，在饭桌上，儿子大声嚷道："我要尿尿！"欢欢告诉儿子说话要文明，不能当着这么多人这样说。儿子问："想尿了我应该咋说？"她说："你就说我要唱歌。"

一天，儿子在爷爷家里住，半夜里突然吵着要唱歌。爷爷劝他："深夜了，唱歌会影响邻居，明天再唱吧。"

刚睡下一会儿，他又告诉爷爷，特别特别的想唱歌，爷爷无奈地说："你非要唱那就小声一点，对着爷爷的耳朵，我能听见就行了。"然后，小孙子就对着爷爷的耳朵唱了一大泡尿。

占了大便宜

说起会过日子,十里八乡的人都知道李家庄的毛蛋和变花。这可是一对"聪明绝顶"的小夫妻。

这不,年关临近,毛蛋去集上办年货回来,一进门就高兴地喊:"今天运气好,咱又占了个大便宜!"变花赶紧把他拉到柜子后面:"快说,又占了什么大便宜?"

毛蛋喜滋滋地一笑:"我买了一把锁,问老板多少钱,她说5块钱,我给了她钱打开盒子一看,里面还有两把亮晶晶的电镀钥匙呢,但她忘了要钥匙钱了。"变花听了急忙捂住他的嘴,高兴地说:"你说低一点,不敢叫邻居听见了。"

门铃不响

林山蛋是新源小区的修理工。他在值班室里正看报纸,电话铃响了:"喂,我是3号楼501的住户,我家里的门铃坏了,请你马上来修理。"山蛋放下电话,拿起工具就出了值班室。

过了一个多小时,值班室里的电话又响了:"喂,是物业吗?"对方有一点生气,"为什么这么长时间没有人来给我修理门铃呢?!"

山蛋流着汗,满腹牢骚地吼道:"咋没有人修呢,我来回往你五楼跑了七八趟了,按了好久门铃,也没有人来给我开门!"

宁可挨打

桂霞是一个好媳妇，她手勤、腿勤、嘴也勤，在家里干活不少，但由于说话无所忌避，经常受到丈夫的责骂。今天，家里要来重要客人，丈夫严厉地告诉她："以后，我与客人谈话，你再来插嘴，小心我揍你这熊！"

不一会，客人来了，酒足饭饱之后，丈夫和客人聊起县城里的楼房。客人说："这几年，县里变化很大，你看税务局的大楼盖的又高又漂亮……"丈夫插言道："那现在已经不是最好的了，县宾馆盖的更高更豪华……"坐在一旁的桂霞已经按捺许久，忍无可忍，终于大叫道："求，挨打就挨打！你们两个说得都不对，那孤山比它们高求得多哩。"

还是我去吧

赵村的赵先文祖辈三代单传,到他膝下也只有一个儿子。先文对儿子更是溺爱,顶在头上怕摔了,捧在手里怕碰了,含在嘴里怕化了。怕儿子不小心有一点点闪失,从不让他单独活动。他老婆叫儿子上街买个东西,先文忙说:"街上汽车多,还是我去吧。"老婆叫儿子去邻居家里借个农具,先文忙说:"他家里有狗,还是我去吧。"

转眼,儿子长大了,有人给娃介绍对象,女方要相女婿,儿子不知道见面怎么办,先文忙说:"你没有经验,还是我去吧。"

对 不 起

秦香在省城上学的时候,在公共汽车上被一个赖小子狠狠地踩了一下脚。这个赖小子不仅不道歉,反而骂秦香把脚放在了他的脚下。

他的蛮不讲理激起了乘客们的愤怒,大家不约而同地谴责他。这时,赖小子把头一歪,双手叉在腰里耍起了无赖:"咋呢,你们凭着人多,是不是要把我吃了?"秦香瞅了他一眼:"哼,吃你?对不起,我是回民。"把赖小子弄了个死难看。

检查身体

20世纪50年代,老百姓进个县城都不容易,更不要说到大医院看病了。

邱老汉第一次进城,也是第一次去医院检查身体,护士拿了两个盒子叫他去厕所,护士说大的验大便,小的验小便。老汉进去以后很久都没有出来……

"你在干什么呀?"护士在厕所外面着急地问。

老汉哭丧着脸,喃喃地说:"好我的护士哩,小便很好咽(验),大便很难咽(验),你眊,还有一半没有咽(验)下去呢……"

一根火柴

从前，兰家村有一对夫妻，男的叫发发，女的叫变变。他们两个非常会过日子，可奇怪的是，他们家的光景一直过不好。

有一天晚上点灯时，变变不小心掉了一根火柴在地上，发发听说了，非常心疼，急忙叫变变划着火柴满地找。结果，一盒火柴划光了，才找见掉的那根火柴。

发发十分自信地教训妻子说："咱们只有这样注意一点一滴的节约，日子才能好起来。"

拉行李不要钱

财娃带了很多好吃的,去太原看望上大学的女儿。他下了火车叫了辆出租车,问司机:"到山西大学要多少钱?"

"15元。"

"好,我带着行李怎么算钱?"

"拉行李不要钱,这是免费的。"

财娃满心欢喜:"那好,请你把我的行李拉到山西大学,我自己走着去吧。"

难　　受

王村的支部书记不幸因公殉职,村里召开隆重的追悼大会。

主持追悼会的村长对"默哀"两个字不认识,但又只能对着发言稿主持:"大家现在开始难受。"

村民们忍笑低下了头。

3分钟后,村长宣布:"难受结束。"

一份菜钱

从前,有一个木匠师傅带徒弟去外地做活,走到半路,肚子饿了。就同徒弟去路边小饭馆吃饭。师傅吃的是白馍两个,徒弟除了白馍以外,还要了一个菜。师傅无可奈何,只得忍痛付了菜钱。出了饭馆没走几步,师傅想到菜钱,越想越气,回头看看小徒弟跟在后面,就说:"我是你的师傅,不是给你引路的,为何你走在我后面?"

徒弟听了,随即快走了几步,越过师傅,走在前面引路。没有走几步,师傅又说:"我不是你的狗腿子,你为何走在我前面?"

徒弟慌忙退后,与师傅并肩而行。走了几步,师傅又说:"你又不是我的同辈,怎么敢与我同行?"

徒弟不知所措,只得说:"请问师傅,前引不好,后随也不好,并行更不好,究竟怎样才好?"

师傅满面怒色地说:"我实话对你说吧,你把菜钱还我就好了!"

自 夸

在县果业局开辟的农贸市场上,来自全国各地的果农们一边做生意一边聊天,都夸自己园子里的苹果长得大。

一个外地人说:"我摘了个苹果,搁在椅子上,椅子腿被压坏了。"

另外一个人也吹道:"我在我家果园摘了一个苹果,我们一家人吃了一天还没有吃完呢。"

"得了吧,"万荣的钢娃在一旁实在看不过眼,便接茬说,"哥们儿,我把一只苹果放到马车上……"

"马车塌了?"几个外地果农异口同声地问。

刚娃笑了笑说:"不是!苹果里钻出一条虫,把马吃了!"

说大话

　　一个旅游团来蒋村参观水果园,有个南方游客边走边炫耀说:"我们那里的橘子看上去像足球,橡胶树就像铁塔……"

　　正当他一边吹牛,一边装腔作势仰头后退时,却被绊倒在一堆西瓜上,这时,果园的主人蒋二叔大声说道:"慢一点,当心我们的葡萄。"

怕麻雀听见

一个青年农民看到一个老人在河对岸种东西,青年农民大声问道:"老大爷,您在种什么?"

老人慢吞吞地回答道:"游过河来,我跟你说。"

青年农民不乐意游过河去,但又想知道老人在干什么,考虑半天,他终于游了过去。

老人在他耳边低声说,"我在种豌豆。"

"那么,为什么我必须游过河来呢,您可以大声告诉我,我在河那边能听清楚。"青年农民感到被愚弄了。

"啊,不,我一喊叫,麻雀就会听到,它们会把豌豆都吃光的。"

王婶存款

王村的王婶来到银行储蓄柜前对当班的营业员说:"我丈夫卖了两头猪,让我把钱存了。"

营业员头也不抬地说:"是死是活?"

王婶回答说:"卖的时候是活的,现在如果杀了的话,就是死的。"

营业员不耐烦地大声说道:"到底是死是活?"

王婶想了想怯生生地回答:"那就半死半活吧。"

营业员甩给她一张定活两便的储蓄存款单。

闷蛋卖药

有一天，开药店的爸爸要出去，就对儿子闷蛋说："我要出去了，你有没有把所有的药品名称都记下来？"

闷蛋说："记下来了。"

过了一会儿，有一位客人来了问："令尊在吗？"

闷蛋说："没有令尊这种药。"

客人又问："那令堂在吗？"

闷蛋说："也没有令堂这种药。"

客人一听，走了。

爸爸回来就问有没有人来买药，闷蛋说："有。他要买令尊和令堂这两种药，可是我找不到这两种药呀！"

他爸爸听了之后就打了他一巴掌，然后气愤地说："令尊就是我，令堂就是你妈。"

第二天，爸爸出去后那个客人又来了，进门就问："令尊、令堂在吗？"

闷蛋瞥了他一眼，说："令尊就是我，令堂就是你妈。"

贞节牌坊

清朝时期有个叫高志的人，此人为官，能说会道，深受皇帝信任。一天他请求皇帝为他寡妇嫂子树立一座贞节牌坊。他说他嫂子20岁开始守寡，从不出大门一步，而且孝顺公婆。从他做官离开家后，父母常常给他来信，说他嫂子非常贤惠，深受人们敬仰。

皇帝听后非常高兴，当即拨给500两白银。并给他三个月假，回家给他嫂子树立贞节牌坊。

他立即启程回到家中，雇来了石匠、木匠，很快就把牌坊造成了。在树立牌坊这天，他去问他的嫂子，说："嫂子，今天就要为你树立牌坊了。树牌坊这事可不是随便的，要有一次失去贞洁也树立不住，皇上知道了，不但怪罪我，还要抄咱的家，被灭九族啊！"

他嫂子听说失洁一次也立不住，不觉有点神色慌张。

他接着说："嫂子，这事也不用害怕，有个破法，失洁一次，就偷着在柱脚石下放一个黄豆粒，有几次就放几粒，这样树起后就不会倒了，嫂子你看放多少合适。"

他嫂子听后"咳"了一声说："他叔啊，你别论个，你就用手抓着放吧！"

断　　弦

　　从前陈村有个叫陈春明的人,不爱学习,又没学问,却老爱假充斯文。

　　一天,有人告诉他,某人新近断弦了。他问:"什么叫断弦?"那人说:"死了老婆叫断弦。"

　　不久,陈春明死了母亲,别人见他身着重孝,就问:"怎么了?"

　　他文绉绉地回答:"我新近断弦了。"

　　那人惊奇地又问:"断弦怎么穿这么重的孝?"

　　他想了想,补充说:"我断的是根老弦。"

赛 半 仙

白家庄有个算命先生,自称"赛半仙"。据说,他不需要人家开口,就知道吉凶。

一天,一个愁眉苦脸的老头前来算命。"赛半仙"满有把握地说:"我看您是有难言之隐啊!"

老头摇摇头。

"是儿女不孝吧?"

老头还是摇摇头。

"是晚年丧妻?"

老头还是摇头不止。

"赛半仙"连猜不中,有点发慌了,又一口气说了许多不吉利的事情,但老头还是一个劲地摇头。"赛半仙"实在山穷水尽,只好恳求道:"您到底为了什么事情来算命的?"

"求您算算我这个摇头晃脑的病什么时候能够治好?"

恋爱者的心愿

热恋中的男女最近发现了一个谈情说爱的好地方：既不必花钱，也不用担心别人的干扰，而且可以夜以继日地继续下去，这地方就是城南的公园。

热恋的男女打破了公园的宁静，为了安全起见，管理人员在公园的入口处写了一块告示牌，上面写着："本公园晚上10点以后熄灯。"

第二天晚上，谈情说爱的人不见减少，反而更多了。管理人员不解，一看外面的告示牌上多了一行字，上面写着："请放心，我们不需要灯光。"

您跑错方向了

有一天,海娃在半路上招手请司机停车,问:"从这里到李家大院多少钱?"

售票员回答:"5元。"

海娃没上车,因为他手里只有4元钱,所以他跟着车跑起来。

当他在下一站追上汽车时,气喘吁吁地问:"这回到李家大院多少钱?"

售票员回答:"6元,您跑错方向了。"

鬼　　火

在一个漆黑的夜里,二愣子一个人在赶夜路,途经一片坟地时,二愣子感觉冷风吹过,直叫人汗毛倒竖,头皮发紧。

就在这时,二愣子突然发现远处有一点红色的火光时隐时现,他首先想到就是"鬼火"。于是,他战战兢兢地拣起一块土疙瘩,朝亮光扔去,只见那火光飘飘悠悠地飞到了另一个坟头的后面。

二愣子更害怕了,又拣起一块土疙瘩朝火光扔了过去,只见那亮光又飞向了另一个坟头。此时,他已经接近崩溃了。

于是,又拣起一块土疙瘩朝亮光扔去。

这时,只听坟头后面传来了声音:"妈的,谁呀?拉泡屎都不让人拉痛快。"

屎在嘴边

学韦是个民办教师,他教书认真,对学生也不错,就是说话很随便,经常闹出许多笑话。

一个学生问他:"老师,屎字怎样写呢?"学韦一时忘了,寻思了半天也没有想起来,他一边取字典一边嘴里念道:"咦——这个屎……刚才还在嘴边,怎么就说不出来了呢?"

心往一处想

明明和霞霞正在热恋中,月光下,他们两个坐在公园的假山旁亲热地依偎着,手拉着手,脸贴着脸,充满了罗曼蒂克的气氛。

霞霞梦呓般地问明明:"亲爱的,你心里现在正想着做什么事情?"

明明热情洋溢地回答:"亲爱的,我跟你心里想的一样啊!"

霞霞突然推开他站起来,娇滴滴地说:"讨厌,你这个人咋这么流氓呢!"

急性子

杨小娜天生是个急性子,无论说话、走路、办事都是风风火火。她结婚生孩子以后还是这样。一次孩子病了,她立刻跑到县医院,排队,挂号,匆匆赶到专家门诊室。

进了门诊室一坐下来,她突然脸色煞白,目瞪口呆。看病的医师急了,要对她进行抢救。她摇摇头说:"我没事,我没事。"医师说:"那你怎么这副样子?"

小娜擦了擦脸上的汗说:"我本来是给我孩子看病的,可是我把孩子搁在家里,忘了带来了。"

意　　思

　　局里要提拔一批干部，王山给局领导送了几瓶好酒和几条好烟。领导把脸一沉，说："咱们成天低头不见抬头见，你这是什么意思？"王山点头哈腰地解释："这些东西都不成敬意，就意思意思，感谢您多年来对我的培养。"领导说："你来就来吧，还拿这些东西，这就不够意思了。"王山连连点头："小意思、小意思。"领导哈哈一笑："你这个人真有意思。"

　　王山给领导递了一支烟："我其实没有别的意思，这次提不提我都不要紧。"领导深深地吸了一口烟："那我就不好意思了。"说着便叫保姆把烟酒拿了下去。王山连声说："应该是我不好意思。这一点东西真是不足挂齿、不足挂齿……"

谁家的娃呢

大花正在厨房里忙碌着。哗啦,她听到玻璃破碎声。她急急忙忙走进餐厅,发现窗户玻璃碎了,一只皮球滚在地板上。不一会儿,一个小男孩敲门进来,他羞怯地说:"爸爸马上就会来把窗户玻璃修理好的。"于是大花就把皮球还给了他。

几分钟后,果然来了一个中年人,他换上了一块新玻璃。然后对大花说:"换这一块新玻璃需要10块钱。"

"怎么?"大花惊讶地问,"难道您不是那个小男孩的爸爸吗?"

"噢,不是。"中年人也大吃一惊:"难道您不是他的妈妈?"

不值钱的东西

晚饭后,东娃两口子在客厅看电视。当妻子看到一则新闻时气愤地说:"你看这个男的太可恶了,自己去赌钱,输的倾家荡产,最后还把自己的老婆卖掉了。老公,你该不会这样做吧?"

东娃不假思索,直截了当地回答:"你看你说的,我当然不会。不值钱的东西,怎么能拿去卖呢。"

叫他妈妈担心

柴彩在外面打工的时候认识了一个男孩,她告诉妈妈说,她要和男孩一起去深圳,费了半天的口舌,最后终于获得她妈妈的准许,但有一个条件,就是坚绝不能让男孩住到她的房间,因为这样会使妈妈担心。

几天以后,柴彩从深圳给妈妈打来电话。

妈妈担心地问:"你没有叫那个男孩住到你房间吧?"

"没有,你放心,妈妈。"柴彩满有把握地说:"我为了叫他妈妈担心,我住到他房子里去了。"

玉米都是喂猪的

樊局长一家都住在城里,他的司机家住农村。司机为讨好局长,从自家拿来一些青玉米送给局长。

第二天早上司机去樊局长家里接他上班,正好局长在啃煮熟的玉米,见司机来了,就客气地说:"你每天工作很辛苦,我应该给你家里老人买点东西,结果还让你破费了。"司机说:"局长您太客气啦,这不算什么,在我们老家都拿这玉米喂猪哩。"

吃 饭 的

县城的小饭店一般都没有厕所,一天,一个顾客在饭店吃饭时突然内急,问服务员卫生间在哪儿。

服务员很热情地说:"对不起,我们饭店没有卫生间,不过你可以去对面公厕,先生,因为我们和他们有约定。"

顾客听完起身便走,刚出门身后又传来服务员的声音:"到那儿你就说你是'吃饭的'。他们就不向你要钱了。"

寒流同志

"文化大革命"时期,二杆子毛蛋在大队当革委会主任。一天,他接到上级的电话通知:"近日内寒流要经过我们县,你们大队是重点,望做好准备工作。"

放下电话,大字不识几个的毛蛋立即组织人写了"热烈欢迎寒流同志前来我大队视察"等大标语,并在大队革委会里准备了丰盛的饭菜。几天之后,不见有人来,他便给上级打电话问道:"咋球一回事,寒流同志怎么还不来呢?"

洗　　肉

　　一天，公公上集市买回半斤猪肉。儿媳妇把肉放在盆里洗净后，就把水倒掉了。

　　公公一见大叫可惜："哎呀，你真真不会过日子，怎么能这么浪费，把那么多油都倒掉了。"

　　媳妇听了觉得挺委屈，就找婆婆诉苦，婆婆说："你公公说得在理，以后应当在缸里洗肉，这样，我们就可以天天喝肉汤了。"

　　媳妇觉得更委屈了。恰好这时住在河下游的妈妈来探望女儿，女儿又向妈妈诉苦，妈妈听了说："这就是你的不对了，以后洗肉应当到河里去洗，这样，妈不也能跟着一起喝肉汤了？"

如此赔礼

津娃很孝顺。他去赶集想买个甜面红薯捎回家去。

他来到货摊前问卖红薯的人:"这红薯面吗?"

卖红薯的人说:"面得很,号称噎死狗。"

津娃不高兴地说:"你太不会说话,我买红薯是给我老爸吃哩。"

卖红薯的人知道自己说错了,便赔礼道:"那就噎死我吧,噎死我吧。"

问个路咋就这么难

师文杰老汉第一次夫西安的公园游玩，七转八转把老汉转的找不见出去的门了。他看到有个年轻的女娃坐在石凳上，于是就走过去说："丫头，公园的东门咋走呢？"

女娃生气地说："什么丫头丫头的，还保姆呢！"

老汉赶紧改口："闺女，公园……"

女娃眼睛一瞪："谁是你闺女？看准了再说！"

老汉又说："同志，公园……"

女娃更生气了，大声说："你才是'同志'呢！"

老汉想了想，怯怯地说："小姐，公园……"

女娃忽地站起来，左顾右盼了半天，然后和气地说："你乱喊什么啊？还不快走树林子里，小心'扫黄'的。"

好 鼻 子

史山刚找了一个对象，欣赏的不得了，每天不给女朋友打几十个电话就熬不到天黑。

这不，中午吃饭的时候他又打电话问女朋友在哪儿，女朋友答："在阿瓦山寨。"

为了讨好女朋友，他便说了句煽情的套话："噢，吃什么好吃的呢？我都闻到香味了！"

女朋友在电话里扑哧一声笑了出来："真的吗？我……正在卫生间呢！"

以后唱歌自己起头

启工今天黑夜又喝得一塌糊涂,他迷迷糊糊地边爬楼边唱:小城故事多……这时同楼的一位小姑娘也刚回来,忍不住接了一句:充满喜和乐。

启工听到后很生气,凶巴巴地道:"站住。"

小姑娘以为遇见了强盗,忙说:"大叔,我……我没有钱。"

启工大吼:"住口!"

小姑娘哆嗦着说:"那你把包拿去吧!"

启工这才说:"记住了,以后唱歌自己起头!"

虚 荣 心

海娃从商场出来时,正好碰上局长的座驾红旗轿车经过。司机看见海娃,把窗子摇下来,说车里没人,力邀海娃坐上来,送他回家。

海娃受宠若惊,赶忙坐到副驾驶的位上,在路人艳羡的目光中,回到了居民区。红旗轿车离去后,海娃又赶紧打的,回到商场门口,骑回自己寄存在那儿的自行车。

不 见 得

三娃和钢娃从小在一起耍大,两个人真是无话不谈,这一天他们从地里干完活相跟上往家走,东拉西扯地又说起了自己的老婆。

三娃说:"我是打死也不相信女人能保守秘密,前几天,我刚告诉她一个小秘密,没有一袋烟的功夫她就传出去了。"

钢娃说:"不见得,有时候她们还是能保守秘密的。就比如说我老婆,我们结婚二十年了,我都不知道她把我家的钱藏求到哪里了。"

是公的

20世纪80年代,一个闭塞的小山村里,一位时髦的小伙子骑着一辆铃木王摩托进了村。得意的停在众人闲聊的地方,大家都围着看热闹。你摸摸,他摸摸,都不知道是什么东西。

就在这时本村的老辈子,90多岁又有点眼花的陈七爷迫不及待站出来说:"我来眊眊是个啥东西。"只见他东摸摸西瞅瞅,最后双手停在排气管上,大家都竖起耳朵仔细听。

"哦,原来这东西是个公的。"

一时失手

丈夫经常在外面打麻将,这一天又是一夜未归,竹竹再也无法容忍了。一大早,丈夫推门进屋,竹竹用早已准备好的木棒将他打晕。

突然她大喊起来。

丈夫终于醒过来说:"是谁打我的?"

"亲爱的对不起,我忘了你昨天上夜班。"竹竹歉意地说。

贺年片

春节快到了,王炎想给对象挑一张贺年片。进了商店,他东挑西拣总是拿不定主意买那一张。

漂亮的女售货员给他出主意:"这张比较适合,你看多漂亮,上面写着:向我唯一的心上人致以最美好的祝愿。"

王炎看了看,满意地说:"好极了,我买十张,顺便给你也发一张。"

又睡不着了

吉生拖着疲倦的身子,对医生诉说着睡不着觉的苦恼。

医生见数种药对他都没有效果,只得告诉了他一个原始的疗法:你坚持数数,一直数到3000,过几天再来找我。

三天以后,吉生仍愁容满面,精神不振:"医生,我依然睡不着啊。我按您说的,坚持数数,数到1786时,实在困得不行了,就喝了杯浓茶提了提神,这才数到3000。但是,这样一来,我又睡不着了。"

洗　　澡

耀娃到一个大宾馆的澡堂去洗澡，服务员看不起他，扔给他一条旧毛巾就不管了。他洗完澡，在桌子上丢了一张50元，转身走了。服务员看他给了这么多钱，高兴地手足舞蹈。

过了一星期，耀娃又到这个宾馆的澡堂洗澡，服务员对他非常的殷勤。他什么话也没说，充分享受着。洗完澡，他掏出一块钱扔在桌子上就走了。服务员见他给钱少，生气地问："你怎么才给这么点钱？"

他笑道："这有什么奇怪的？我这是按质论价。今天我给的是上次洗澡的钱，上次给的是这次洗澡的钱。"

会议记录

胡民靠行贿买了个局长，上任不久，便把他那不学无术的小舅子武三蛋调到局办公室当了主任。

武三蛋在县城是出了名的小混混，每天除了喝酒、搓麻、玩女人，屁事都不会做，哪里知道办公室主任咋当哩？

这天，局里开局委会，会议记录当办公室主任莫属。散会后，大伙一看记录本，都笑得不可开交：

开始开会。胡说……

又胡说……

再胡说……

还胡说……

全胡说……散会，完了。

将心比心

年关将近,繁娃计划把家里的猪杀了,美美地过一个年。

他磨好了刀,就跳进猪圈去抓猪,谁知道那头猪东躲西藏的和繁娃玩起了捉迷藏。繁娃使尽了浑身解数,也没有把猪抓住,气得他直蹦高高。

媳妇在一边看见了,便和声细雨地劝他:"娃他爸,你不要生气。人常说,将心比心是一理。咱打个比方——假如今天我要杀你,你能服服帖帖的让我把你抓住吗?"

读 信

项美丽在外打工,这天给妈妈写了一封信,因为她在学校里没有好好念书,连个"好"字也不会写,只好画个"0"代替,信上写道:"妈:我这里很0,你0吗?"她妈收到信看不懂,拿到村里的学校去问老师。首先碰上的是一位数学老师,他一看,嗷,是个零蛋,念道:"妈,我这里很蛋,你蛋吗?"她妈摇摇头。然后碰上一位化学老师,嗷,是个氧,念道:"妈,我这里很氧,你氧吗?"她妈一下子红了脸:"这个死女子,在信里胡球问啥呢!"

热心的病友

高鹏的父亲因病住了院,和一个热心肠的刘老汉住在一个病房。

这天,高鹏的父亲在输液,药液快滴完了,护士却还没有来,刘老汉对高鹏说:"你招呼你父亲,我帮你喊护士。"

说着刘老汉走到病房门口大声喊:"护士,快过来呀,3床快完了。"

高鹏觉得"完了"两个字很不吉利,忙说:"您喊错了,是药完了。"

刘老汉一听,忙改口道:"护士,快来呀,3床要完了!"

汽车配牛

岳老汉牵牛到镇上配种。找了半条街,也没找到配种站。正想返回去,忽然看见一个大门上挂着"汽车配牛公司"的牌子。原来这是"汽车配件公司","件"字左边的"亻"掉了。他不禁犹豫起来:汽车怎么能配牛呢?正好这时从门里开出来一辆拖拉机,他便问司机:"同志,这汽车真的能配牛?"司机是个调皮鬼,看了看他牵的母牛,笑着说:"能!我这铁牛55就在这里边配的。"

岳老汉一听,十分高兴地说:"好家伙,如今配种技术发展得这么快。几天没来,汽车就能给牛配种啦。"

服务热线

老王两口子都在中国电信工作。这天,两人吵了一架,老王一气之下摔门而出。傍晚,老婆打了老王的手机。

老王一看是老婆的号码,没好气地说:"您好,这是'离就离服务热线。低头认错,请按1;坚决离婚,请按2;想打人,本服务台会为您转接110。"

老婆一听,气得挂了电话。深夜,老王回到家门前,谁知门被反锁了,老王只得打老婆的手机。

手机接通后,只听老婆用假嗓子说:"您好,这是谁怕谁服务热线。想回家,请用膝盖跪搓板;想离婚,请用膝盖跪钉板;若您感觉不爽快,本服务台为您转接120。"

火燎毛钓鱼

迪娃是个火燎毛，干什么事情都是3分钟热情。他到西滩钓鱼，先串了片树叶当鱼饵，当然没有鱼上钩。于是他换了块干馍片，还是没有鱼上钩。没办法，他只好换上蚯蚓，鱼竟然还是不上钩。

他气愤之极："这伙烂脏鱼，这么难伺候。"说着，他掏出100元钱，狠狠摔入水中"要吃什么？你们自己买去吧。"

等 交 警

　　根平有急事,骑着摩托往家里赶,在拐弯处不小心和一个骑自行车的姑娘撞在了一起。那姑娘仰面朝天躺在地上,根平正好爬在姑娘身上。

　　路上立刻围上来许多看热闹的人。根平羞得想爬起来,那姑娘却揪住不放:"你休想破坏现场!"

　　根平说:"这么多人不好看,先让我起来,是我的责任我决不推脱。"

　　那姑娘还是不干:"你想跑?没门!等交警来了再起,老老实实给我爬好!"

天才作报告

天才的舅舅在地区当官，不学无术的他依仗舅舅的面子，在公社混了个副主任。

这一年的三八妇女节，妇联会请分管领导做报告，天才拿起讲话稿，上句不接下句地念道："如今男女平等，妇女同志站起来……"在场的女同志全部起立等待指示。只见天才咽了一口唾沫，慢慢腾腾地翻了一页念道："了！"

北京警察就是好

发发在一家私企打工。前年他跟着老板去北京出差的时候,在西单大街丢了一元钱。发发满世界找了半天,就是没找着。正在此时,一位笑容可掬的警察来到了发发身边,问清楚原委之后,对他说道:您把地址留给我吧,等我找着了给您寄去。发发心里非常感激。

一个月后,发发再次来到北京,发现整条西单大街都被挖开了。发发不禁感慨,而且激动地长叹了一声:北京的警察就是好。

出门留言

贵娃一家子要去永济游玩,临走时贵婹锁上门,然后将一张留给送奶工的便条贴在门上:没有人在家,不要留任何东西!

当贵娃一家人高高兴兴结束了旅游,回到家里时,发现门已打开,家中被抢劫一空,在他留下的便条上,多了这样一段话:谢谢你,我们没有留下多少东西!

聪明的小狗

俏俏在上海打工,为了省钱她个人租了一间很小的房子。一天,好朋友琳娜来她家做客,见俏俏养的宠物狗很是特别,便问:"其他的狗摇尾巴时总是左右摇摆,为什么你的小狗是上下摇摆?"

俏俏不好意思地回答说:"这正好说明小狗狗聪明,连它都知道我家住房十分紧张。"

不是因为笨

一天,小段开着他的货车,要到一家精神病院载货物。进入医院后,发现一个轮胎竟然爆了,于是小段便下车准备换备胎。在换的过程中,不小心把爆胎那个轮子上的4个螺丝给掉到水沟里了。这时小段正在发愁该如何解决时,旁边突然经过一名精神病患者。

这位患者就笑小段:"这么简单的问题都不会,难怪只能做货车司机。"

小段爱理不理地问那位患者:"那怎么解决?"

患者便说:"只要在剩下3个轮胎上各拔1个螺丝下来,装到备胎上,再慢慢开到县里,找家修车的不就得了。"

小段恍然大悟,便说:"你那么聪明怎么待在精神病院?"

患者说:"我是因为精神有问题,所以才待在这里,不是因为笨!"

专家的幽默

修理专家应召去医院修理电视机,发现那台电视机用了十年,已经破旧不堪了,医生用幽默的口吻说:"你开个处方吧。"

修理专家对着电视机仔细看了一阵,然后回答:"我看只能写验尸报告去。"

领导讲话

在那动乱年代,大字不认识几个的二杆子张泽,当上了大队革委会副主任。一天,在对社员做学习雷锋精神的报告时,张泽拿着稿子都结结巴巴的念不下样子。忽然他念道:"……雷锋没有死!"

社员们哄堂大笑,并议论纷纷。

写稿子的大队会计在一旁小声提示道:"精神,精神!"

张泽得意洋洋地接着对台下说:"对!还精神着呢!"

针锋相对

旺旺在街上是出了名的捣蛋鬼。去年夏天他看见街上坐着许多乘凉的人,便开始夸口说,他能从商店拿走任何商品,而不会被人发现。一位过路的人建议打50块钱的赌,并说旺旺甚至连一盒烟也拿不出来,旺旺不服气,于是他们俩朝商店走去。

"请在门口等我。"旺旺说完便走进商店,他从货架上拿了几盒芙蓉王就出来了。

"给你。"他洋洋得意地说,"现在您服气了吧,我赢了。"

过路人笑了起来,他对旺旺说:"您的确干得很灵巧,但是请允许我告诉您,我是城关派出所的警察,我打算以盗窃罪逮捕您。"

"且慢。"旺旺说,"既然这样,请允许我也向您说明,我是这个商店的主人。"

骑错地方

秦二和刘四是一对酒友，这天晚上他们又喝了个天昏地暗。深夜12点钟，秦二劝刘四住在他家算了，刘四死活不肯，说要回家陪老婆孩子呢。于是骑上摩托车回家了。半路上，刘四看见前面也有一辆摩托车，于是轰了油门追上去，眨眼的功夫，刘四就撵上了那辆摩托车。突然，前面那辆车停住了。刘四眼疾手快，一个急刹，人差点儿栽倒在地。

刘四大骂："你小子怎么骑的车，哪有半路上用急刹的。"

前面那人回过头来，盯着他："你是谁，你想怎么样呀？"

刘四越想越气，大怒道："我是谁关你什么事，快走快走，别挡我的路了。"

那人厉声斥责："你发神经病啦，这是我家的车库，你到底想干什么？"

刘四抬起头一看，说："他妈的，是我骑错地方了。"

没啥知识

现在有一些人有钱而没啥知识,他们开的好车,吃的好饭,肚子里全是大粪。而他们包的小蜜更是名副其实的荷包满满,脑袋空空。

某天,一位妖艳女郎到一家餐厅吃饭,听到邻桌两位大学生谈到中国古典文学作家曹雪芹。那女郎想假装自己认识很多人,于是便插嘴说:"曹雪芹啊!我跟他很熟嘛!昨天我和他一起打麻将,今天早上我还看见他搭四路公交车!"

一旁的人听了不禁哈哈大笑……吃过饭,女郎回到车上,把刚才发生的事情一五一十地告诉她那老相好,她始终搞不懂那些人究竟在笑什么??

她的老相好听完眉头一皱,并训斥她:"大痴熊!你在本地住这么久,竟然不知道四路公交车早就停开了吗?"

尝出来了

"大跃进"的时候,村村都办起了大食堂。一位公社干部为了显示他对社员生活的关心,便来到东村检查。在食堂里,他看到两个女社员站在一个大汤锅前,便假惺惺地说:"让我尝尝这汤。"

"可是,领导……"

"没什么可是,给我勺子!"他拿过勺子喝了一大口,怒斥道:"太不像话了,怎么能给社员喝这个?这简直就是刷锅水!"

"我正想告诉您这是刷锅水,没想到您已经尝出来了。"其中一个女社员答道。

哭笑不得

从前,有一个地主闲着没事,常出些难题刁难人,以显示自己的本领。一天,他戴着眼镜,身穿长衫,手撑凉伞,出外游山玩水,被一个正在耕地的农民看见了。农民对着牛狠狠地骂道:瘟牛,东晃西荡不走正道,眼瞎啦!说着就是一鞭子。

地主听后越想越不对味,这不明明是在骂我吗?他站在地头不走了,想等农民返回来时狠狠地骂他一顿。

不一会,农民赶着耕牛过来了。快到地头时,农民突然松了手上的犁,然后便一手拉牢牛绳,一手抓起一团泥巴,使劲往牛屁股里塞。地主正瞪圆双眼准备发作,一看农民这突如其来的举动忍不住笑了。他问农民:"喂,你这是干啥?"农民回答说:"我算计它等会要放臭屁,先把它糊住!"

吃 袜 子

变好和丑娃都三十多了才结婚。原因是变好早晨起床后有口臭的毛病,她母亲给她出了一个主意,叫她早晨刷完牙后再和丈夫说话。而丑娃呢,也有个坏毛病,是脚臭,他父亲也给他出了一个主意,那就是穿着袜子睡觉。新婚蜜月,夫妻俩过得还算平稳。

没想到这一天,丑娃早晨起床后,发现自己的一只袜子不见了,便问妻子,变好说:"你这个熊天天晚上都懒得不脱袜子,我哪知道你袜子跑哪去了?"丑娃一听恍然大悟,捂住鼻子说:"哇,原来你吃了我的袜子!"

打　　赌

　　吴家庄的贵才和永兴是一对死牛筋。

　　过年的时候,他们两个去县里大礼堂看戏,看到中途二人为戏剧情节发展而争执起来,并为此打赌。

　　贵才指着前边摆的一个痰盂说:输的人要喝一口那里边的东西。

　　不幸,贵才输了,于是他皱着眉头喝了一口。

　　二人接着赌下边的情节,这次,永兴输了。

　　只见永兴抱起那个痰盂,咕咚咕咚连喝了十几口。

　　贵才大惊失色,佩服得五体投地,对永兴说:"你太了不起了,居然能连喝十几口!"

　　永兴摇摇头:"不是我想喝,那个痰盂里的痰太浓,我实在咬不断!"

报 火 警

70多岁的黄大娘是一个孤寡老人,不仅手脚不利索而且脑子还有一点糊涂。一天,她做饭时不小心把锅灶里的柴火弄出来了,很快就烧着了旁边的干柴。

"救人!救人!!"消防队的电话里传来了紧急而恐慌的呼救声。

"在哪里?"消防队的接话员问。

"在我屋里。"

"我是说失火的地点在哪里?"

"在我屋里厨房!"

"我知道,可是我们该怎样去你家嘛?!"消防队的接话员非常着急。

"你们不是有救火车吗?"黄大娘这边更是着急。

取消婚姻

文新家的小猫在外面乱窜，一会屋顶，一会地窖。搅的四邻不得安宁，受扰的邻居敲开他家的门："你家的猫这么疯跑？你咋不管管！"

"是这样，"文新解释说："我让兽医刚给它做了阉割手术，它最近正忙着到处取消原先订好的婚姻哩。"

姓名登记

有一个人在银行开户,委托银行职员为他填表。

"请问您的姓名?"职员和蔼地问他。

"姚姚姚姚……前前前前……进进进进。"

"对不起,您口吃吗?"

"不,我父亲口吃。那个为我进行出生登记的人简直是个大痴熊!"

傻　　瓜

有个外地人赶着一辆毛驴车要过桥。桥头的拱门显得不够高，他担心毛驴车过不去，就从车上拿了把斧头，非常小心地把拱门顶部的石块一点一点敲掉一些。

谦娃看见了，就说他："世上竟有这样的痴熊！你把拱门底下的土刨去一层岂不省事？"

外地人很不服气："你才是傻瓜哩！又不是因为驴腿太长过不去，而是驴耳朵太长了嘛！"

赠送"令尊"

从前，夏村的夏老汉，听人说令尊二字，心中不解，便去请教村里的先生："请问相公，这'令尊'二字是什么意思？"

先生看他一眼，心想，这个痴熊连令尊是对别人父亲的尊称都不懂。便戏弄他说："这令尊二字，是称呼人家的儿子。"

说完，先生掩嘴而笑，心中暗暗得意。

夏老汉信以为真，就同先生客气起来："相公家里有几个令尊呢？"

先生气得脸色发白，却又不好发作，只好说："我家中没有令尊。"

夏老汉看他那副样子，以为先生当真是因为没有儿子，听了问话引起心里难过，就恳切地安慰他："先生没有令尊，千万不要伤心，我家里有四个儿子，你看中哪一个，就送给你做令尊吧！"

发 明

在火车上，一个河南人给铎娃夸耀自己的祖先。

"前几天，在我们那里的地下发掘出电线了，这说明我们河南人在几百年以前已经发明了电话。"

铎娃不屑一顾："哼，你知道在我们万荣发现了什么吗？"

"不知道。"

"告诉你，什么也没有。"

"什么也没有，什么也没有那你牛逼啥？"

"是的，这证明我们的祖先早已发明了无线电。"铎娃自豪地说。

小偷的报复

小区治安环境很差,自行车经常丢失。民娃家就丢了好几辆。民娃气急败坏。无奈之下,他在车子上锁了七把锁,为了气小偷,还贴了一张纸条。上面写着:看你怎么偷!!

第二天,他惊喜地发现自行车安然无恙,纸条也还在。走近一看,大吃一惊。他发现车上除了原来那七把锁之外,又多出一把。再看纸条,也不是原来那张了,而变成了一张新的:看你怎么开!!

打臭虫

岳大娘在村里的商店里买了3袋卫生球。

第二天,她又来到商店。对售货员说:"女娃,再卖给我20袋卫生球。"

售货员吃惊地看着她:"您家一定有很多臭虫吧?"

"对对的,"岳大娘答道:"我花一整天时间,用昨天买的卫生球打臭虫,可惜,到今个我才打中一只。"

习惯了

领导到基层调研，晚饭安排在秦家庄的养羊专业户秦老汉家。秦老汉受宠若惊，紧张地连说话都颠三倒四。

领导请秦老汉先进门，老汉激动地说："还是领导前面走吧，我们放羊的在羊后面走习惯了。"

吃饭时秦老汉端上一盘羊排骨放在领导面前，领导说："简单点就行了。"秦老汉忙说："没事，这不值几个钱，平常都是给狗啃的。"陪同的地方官员请秦老汉一起吃，老汉说："你们先吃吧，我每天这时候都要先喂驴再吃饭。"

卡　门

荣胜到新公司去上班,发现办公室内靓女如云,而且美女们个个都有个别致的外号。

荣胜对面的位子空着,听业务员小王说,那属于一个外号叫"卡门"的姑娘,这几天正好请病假。荣胜想"卡门"应该是一个有着西班牙风格的漂亮姑娘吧!

几天后,"卡门"来上班。荣胜大失所望,"卡门"竟然是一个相貌平平而且体重足有一百七八十斤的胖姑娘,荣胜带着疑惑偷偷问小王:"她就是卡门?"小王点头说:"是呀,胖的都把门卡住了!"

出 点 子

垣娃开了一家洗车场，生意一直不好，他找到好朋友陈聪，希望他能出个好主意。

陈聪说："可以打折，招揽生意。"

"开业至今，我们都是打八折的，够便宜的了，车主还是不买账。"

陈聪一拍脑门："明天你做个广告，本月凡是尾号为'1'的汽车，一律八折优惠。尾号为'1'的汽车那么多，你不愁没生意。"

几天后，洗车场生意果然兴隆起来，洗车的都排成了长龙，垣娃乐的嘴都合不着。

到了月底，垣娃找到了陈聪说："我们不可能总打这个广告吧，活动一结束，我担心生意又会冷清。"

陈聪笑着说："下个月你继续做广告，给尾数带'2'的汽车打八折。个位号搞定，搞十位号。车号做完，你做汽车品牌、汽车颜色的活动，以此类推，何愁没有生意？"

吃　　醋

新买的挂历封面是个穿着性感女装的模特。兴兴瞅着挂历，看得入神，他的妻子酸溜溜地说："现在这些女娃真不知羞耻！就知道露肚皮。如果我像她那个样子，我一定待在家里，不会踏出门口半步。"

"老实说，"兴兴答："如果你是她那个样子，我天天守在你的身边，也绝对不会踏出门槛半步。"

婚前检查

一对九0后恋人去登记结婚。

办事员问:"做过婚前检查吗?"

女孩:"查过了,他房子,车子都全了。"

办事员认真地问:"我是说去医院。"

女孩脸红了,把小嘴凑到办事员耳边,小声回答:"查了,是个男娃,都5个月了。"

装 灯 泡

弟兄两人装灯泡,一个骑在另一个肩膀上。弟弟说:"转圈。"哥哥没明白,就问:"转圈做啥哩?" 上面的弟弟不耐烦地说:"你咋这么痴熊,这灯泡是螺丝口的你不转圈我咋能装上它呢?"

吃饭奇遇

好几个朋友在一个酒店的包间吃饭。男男女女十几个人落座后便不停地聊天，只有一个人在点菜。点好了，征求大伙儿意见："菜点好了，有没有要加的？"于是一位哥们儿说："服务员，报报。"

服务员看了他一眼，没动静。"服务员，报一下！"哥们儿有点儿急了。服务员脸涨得通红，还是没动静。

"怎么着？让你报一下没听见？"哥们儿真急了。

一位女生赶紧打圆场："服务员，你就赶紧挨个儿报一下吧。"

服务员嗫嚅着问："那，那……就抱女的，不抱男的行吗？"

"噗！"一位朋友刚喝的一大口茶全喷了出来。十几个人笑成一团，服务员更是不知所措。

比赛

两个外地人和一个万荣人在一起喝酒,他们都说自己老家的酒威力大。争了三天三夜也没结果,最后决定用老鼠来做实验比试。

第一只老鼠喝了贵州的酒,摇摇晃晃走了十步就倒下了,贵州人很得意!

第二只老鼠喝了四川的酒,摇摇晃晃走了五步就倒下了。四川人更得意!

第三只老鼠喝了山西的酒——高粱白,摇摇晃晃走了十几步也没事儿,最后竟回窝了。

贵州人和四川人刚要笑话万荣人,只见刚才那只老鼠拿了块大砖头从窝里钻出来,大喊了一句:"猫呢?"

墙上的洞

发发从小就淘气得日怪,但是也马虎得出奇。上学的时候经常去别的学校找同学玩,由于那个学校门口的街道修路所以大门紧锁。只好翻大门进入,他两脚一落地就感觉不对,为什么大家都看他呢?一眈才发现大门不远处的墙上有个洞,大家都从洞里进院。发发差一点晕倒。

第二次他又去找同学玩,有了经验的他一下公交车就直奔那个洞钻进了院,内心不停夸自己:我这次明显是老手了。一抬头发现大家还是在看他。细致一观察:大门是开着的!

假　　眼

咏娃的眼睛有一只是假眼。

咏娃在外地打工的时候和一个工友打赌，说："我能用牙咬我的眼睛。"那人不信，赌了一百块钱。他把假眼摘下来放在嘴里咬着，得意洋洋地拿走了钱。

但是乐极生悲，一不小心，把假眼给吞了！他急坏了，赶紧到医院，找喉科的大夫。大夫给他检查了一下，说："哎，已经掉到胃里了，你去治胃病的大夫那儿瞧瞧吧。"

到了肠胃科，大夫一检查，说："咳，下去了，你去肛门科吧。"

肛门科的大夫戴着副眼镜儿，挺热心地，说："小伙子，趴这儿，把裤子脱下来。"

咏娃依言而行，大夫凑过去仔细一看，惊叫了一声，眼镜都掉了："天啊！我看了一辈子屁眼儿了，怎么今个屁眼儿看我？！"

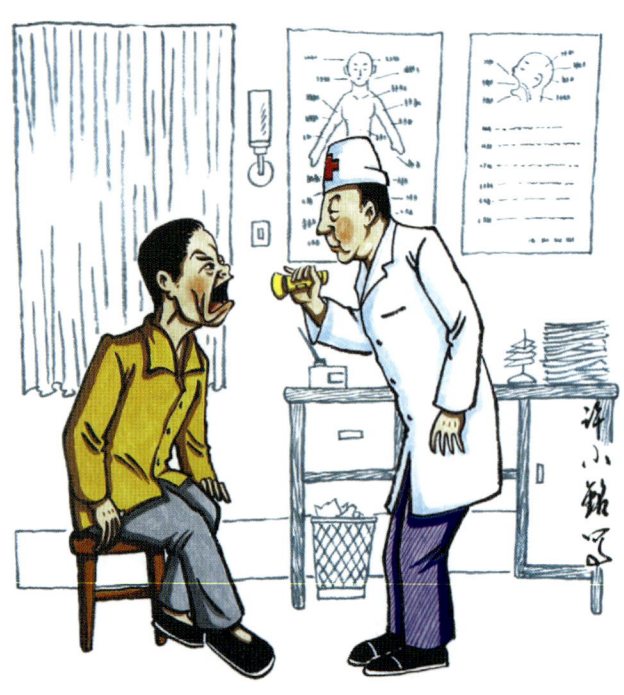

卫 生 巾

文文和几个朋友到饭店吃饭。席间想擦手，就喊："服务员！把你的卫生巾给拿一个！"他其实想要卫生纸巾。

服务员口袋里有两片卫生巾，就羞答答地说："你怎么知道我有卫生巾，你要那干啥？"

文文很生气地说："我就是需要，你倒是管求的宽？"

服务员气得想躲走。

这时，饭店经理来了，文文反映："这个服务员态度不好，跟她要东西也不给拿！"经理转身训服务员："怎么啦？不想干啦？客人要什么就得给什么！"

服务员只好红着脸走到文文面前说："那就给你用吧……"

出国感想

刘宁有一个最好的朋友叫发旺,发旺不仅有钱而且人也很好,就是没有文化。

大前年,发旺出国旅游回来,刘宁设宴招待他。席间,刘宁问:"老伙计,这次出国有什么感想?"发旺端起酒杯美美地喝了一大口,整理了一下那崭新的西装,说:"最大的感想就是外国人吃的东西和咱们不一样,喝的酒也不一样,所以人家特别聪明,连3岁小娃都会说外语。"

没来过汽车

前些年,一个干部到偏僻的乡村下乡,这个小村不仅偏僻而且人口很少,满打满算才十几户人家,老老少少三十多口人。

望着村外弯弯曲曲的羊肠小道和周围巴掌大的梯田,那位干部感到有一点说不出的心酸。就问身边的一位老农:"大爷,咱这地方没来过汽车吧?"老农一听不满地说:"哪里话?连飞机都来过哩!"老农边说边朝天空比画着,"来来往往多少回了,就是没下来过。"

背后骂人

虹娃嫁给了老实巴交,为人谦和的宾子。

这天晚上,在外面受了别人气的宾子独自躲在院里,嘴里嘟嘟囔囔的不知道在念叨什么。一旁的虹娃埋怨说:"你这人真是个窝囊废,当面不敢跟人吵架,只会在背后骂人。"

宾子说:"你懂什么?当面和人家吵,能占什么便宜?我背后骂他,想骂什么就骂什么,想怎么骂就怎么骂,他连嘴都还不上。"

可怜的新自行车

20世纪60年代,物资匮乏,买一辆自行车都是一件很奢侈的事情。

西平村的耀州托亲戚在县里买了一辆飞鸽自行车,准备着给娃将来结婚用。细发的耀州把车子藏在了顶棚上,并且给车子上面左一层右一层盖了好几个被单。他小舅子来家听说了此事,就告诉他:"新车子就要骑哩,老藏在顶棚上零件容易生锈。"耀州觉得有道理,于是天天搭着梯子上去,抓住自行车的脚踏子搅上半个钟头。

几年以后,娃要结婚了。耀州把车子从顶棚上取下来一看——所有的漆皮都早已开始脱落,前后两条车胎已经糟的掉渣渣了。

证　　据

狗换来县里赶集，看见一家商店大减价，便走了进去。

"您买些什么？"售货员热情地问。

"我想买狗食。"

"我们有规定，您必须证明您有狗。"狗换很不高兴："哪儿有这样的规定？""减价商品就是这样。"

狗换与售货员磨蹭了半天，售货员还是不同意卖给他。没有办法，狗换只好回家把狗带来，才买到了狗食。

过了几天，狗换又去这家商店买猫食。"我们有规定，您必须证明您有猫。"还是那个售货员，狗换又与她磨蹭了半天，结果还是不得不回家把猫带来。

又过了几天，狗换抱着挖有一个小洞的纸箱来到那家商店，找到那个售货员。"您买些什么？"

"你把手伸进去就知道。"

售货员把手伸了进去："是什么呀，黏糊糊的。"狗换笑着说："我想买两卷卫生纸。"

不要随便换地方

四娃眼神不好,戴着700度的近视眼镜看东西还有点模模糊糊。

人民公社的时候,队长叫四娃专门给生产队食堂担水,他腿勤手勤,每天水瓮里都是满满的。

为了迎接上级地卫生大检查,司务长带领炊事员把食堂里里外外、上上下下彻底地打扫了一遍,并把厨具进行了部分调整。

下午,四娃挑着满满的一担水进了食堂,提起水桶瞅也不瞅便"哗啦"一声就倒进了水瓮。忽听见司务长大叫一声:"哎呀,我的妈呀!"四娃还没有反应过来,正要提着第二桶往水瓮里倒,司务长急忙窜过来:"你这熊娃咋就不眭!你把水往哪儿倒呢?"四娃定眼一看,才发现他把水倒进了馍笼里。

这时,只见四娃把头一歪:"这儿原来明明是水瓮,谁把它变成了馍笼?你们不要随便换地方嘛。再说水瓮换了地方也该给我打个招呼!"

同行是冤家

小翠开了一家饰品商店，因为她旁边的店都是卖土特产和服装的，一开始生意平淡。由于小翠的饰品都是与上海同步上市的，东西新颖，新货不断，生意慢慢红火起来。但是好景不长，一个女孩也在隔壁开了一家饰品店。

小翠愤愤不平，想来想去就让员工写了一个牌子：所有手链打八折。

第二天隔壁店的玻璃门上写着：所有手链打七五折。

过了几天小翠又改了一下牌子：大甩卖，所有手链打七折。

没有想到隔壁店也改了：手链打六折。

又过了几天小翠让员工写上：所有手链五五折。

隔壁店跟着：手链打五折。

小翠忍不住，冲进隔壁店里大叫到："你这样给我打价格战，最后，我们两家都没有好果子吃。"

年轻的女老板轻描淡写地说："那也是你倒闭啊，我们店根本不卖手链，是项链专卖店啊。"

原来如此

一对中年男女正在一家高级餐厅优雅地享用晚餐。服务员注意到,突然,这名男子渐渐滑下椅子,钻到桌子底下,对面的女士竟然对他的举动漠不关心。

服务员来到女子身边说:"对不起打扰了,我不得不告诉您,您的丈夫刚刚滑到桌子底下去了。"

这名女士"嘘"了一声,压低声音说:"他不是我丈夫,刚刚从门口进来的那位才是。"

固定工作

9岁的丹丹长得很可爱，常常被班上的小男生追求。

有一天丹丹放学回家后，给她妈妈说："今天我的同学小强向我求婚，要我嫁给他。"

妈妈漫不经心地说："向你求婚，就要养活你啊，他有固定的工作吗？"

丹丹想了想说："有啊，他是我们班上负责擦黑板的！"

情侣动作

三蛋和姣姣正在热恋,一天晚上三蛋送姣姣回家时,两个人情意绵绵、难舍难分,便在姣姣家单元楼门口狂吻起来。

过了一会楼上居民的灯全亮了,咚咚咚,姣姣的老爸从楼上下来了,脸色非常不好地说:"浑小子,你没有经过我同意和我女儿出去,这么晚了才带她回来,还在门口做出这种举动,这些我都不愿意和你计较,但请你不要压在楼宇门铃上,好吗?"

干馍片

骏娃半夜打电话给医生。

"快来呀，医生！我媳妇张着嘴巴睡觉，一只老鼠钻进她肚子里了。"

"我大约10分钟到你家。"医生回答，"在我到达之前，你要拿一块干馍片放在她嘴巴前方。这兴许会把老鼠引出来。"

医生到了，只见骏娃拿的不是干馍片，而是拿着一条鱼放在他媳妇的嘴前。

"你在干什么？"医生问道，"老鼠是不爱吃鱼的。"

"我知道，我知道。"骏娃着急地说，"不过我先得把猫引出来。"

药量过重

登高在局里担任副局长,由于贪污腐败,上个月被免职,他又悔又气,便一头栽倒在地,成了植物人,家里人急忙找心理医生救治。

心理医生说:"找个办假证的,弄个官复原职的红头文件,一念就好了。"

他老婆想,反正是办假证,干脆弄个副县级的,让他好得更快。哪知弄来一念,登高突然挺身坐起,哈哈哈哈狂笑不止,竟然高兴得笑死了。

心理医生赶来一看假文件,说:"怎么擅自加大药量呢?看,给治求死了吧。"

互换角色

彩红刚拿到驾照,在一个路口等红灯时,车子熄火了,彩红紧张得慌了手脚,眼看就要变绿灯了,车子还是启动不了。

一会儿,后面传来喇叭声,彩红气急败坏地下了车,朝后面那辆车走过去,旁观者以为他们一定会发生口角,没有想到彩红对车内的司机说:"师傅,我来帮你按喇叭,你去帮我发动车子,能行吗?"